엄 마 는

나 를 낳 고

행 복 했 을 까

일러두기

이 책은 저자의 원글을 최대한 살리되, 일반 독자를 위하여 국립국어원의 맞춤법과 띄어쓰기 원칙을 따랐습니다.

민아 노트

엄마는 나를 낳고 행복했을까

김뿡빵이 지음

R.RI PUB

"금은방 문을 열었다. 주인인 듯 보이는 아저씨 혼자 있었다. 나는 그에게 반지를 빼야 한다고 얘기하며 내 손을 보여주었다. 주인아저씨는 내 손을 보고 난감해했다. 두꺼운 반지가 단단히 살 속에 파묻혀 있었기 때문이다. 주인아저씨는 이건 빼기 힘들다며 절레절레 고개를 저었다. 난 수술을 해야 하기 때문에 병원에서 무조건 반지를 빼라고 했다고 전했다. 주인은 나를 쳐다봤다. 나의 뚱뚱한 몸과 불룩 나온 배, 겁먹은 눈을 보고는 주인은 생각 많은 눈빛을 보냈다.

나는 임신 7개월이었다. 정확히 임신 30주차였다. 정기검진 날, 다니던 병원에서는 임신중독증이라며 당장 큰 병원에 가라고 했다. 세브란스를 갔다. 차트를 보여주니 그날로 입원을 하라고 했다. 임신중독증 수치가 너무 높아서 수술해야 할 수도 있으니 몸에 있는 액세서리를 전부 빼라고 했다. 액세서리라곤 반지밖에 없었다. 헌데 20kg이나 불은 살 때문에 반지는 손가락에 파묻혀 있었다. 병원 화장실에서 비누칠을 해가며 반지를 빼려고 아무리 애를 써도 반지는 끄덕도 안했다. 나는 신촌 거리로 나왔고 눈에 제일 먼저 보이는 금은방에 들어간 것이다.

주인아저씨는 내 사정을 듣고는 그렇다면 반지를 자를 수밖에 없다고 했다. 나는 동의했다. 주인은 두꺼운 종이를 손가락과 반지 사이에 간신히 끼워 넣었다. 그리고 '줄'을 가지고 반지를 자르기 시작했다. 나는 금은방에만 오면 쉽게 반지를 뺄 수 있을 줄 알았다. 하다못해 펜치 같은 걸로 뚝 끊을 수 있을 줄 알았다.

주인아저씨는 이 반지가 두꺼워서 그렇게 쉽게 안 잘린다고 했다. 줄로 긁어가며 칼 갈 듯 조금씩 홈을 냈다. 손가락이 너무 아팠다. 반지는 영영 잘릴 거 같지 않았다. 내 손가락이 빨갛게 터져나갈 때까지 줄을 긁었다. 주인아저씨가 땀을 뻘뻘 흘리며 애를 쓴 끝에 간신히 반지가 끊어졌다. 반지가 손에서 풀려나자 살 거 같았다. 거칠게 잘린 반지는 흉악하기 그지없었다. 그 아름답던 하와이언 웨딩반지가… 잘린 반지를 초라한 비닐에 넣고 병원에 들어가 혼자 입원수속을 했다. 잘린 반지는 저녁에 남편이 왔을 때 건네주었다.

입원수속을 했지만 수술하기에는 너무 이른 시기였다. 지금 수술하면 아기가 살기 힘들었다. 그런데 입원한 지 며칠 되지 않아서 나의 수치들은 위험수위를 넘어갔고, 병원에서는 내가 죽을 수 있다고 했다. 내 머리가 터지기 직전이라고… 급하게 수술이 결정됐다. 곁에 남편도 엄마도 없이 나를 실은 침대는 수술실로 달려 들어갔다. 전신 마취가 불가능한 상태라 수술실의 그 암울한 상황을 다 들으며 나의 첫아이는 그렇게 태어났다."

민아는 1.2Kg으로 세상에 나왔습니다. 수분이 빠지자 800g밖에 되지 않았고, 폐가 펴지지 않아서 자가 호흡이 불가능했습니다. 폐가 펴지는 주사와 인공호흡기로 버티며 3개월을 인큐베이터에 있어야 했습니다. 잘 회복되어가던 아이는 갑자기 뇌출혈을 일으켰고 병원에서는 피가 다 흡수되면 괜찮지만 그렇지 않으면 안 좋을 수 있다고, 확실한 건 나중이 되어야 안다고 지금은 알 수 없다고 말했습니다. 이제야 생각해보니 그들은 어떻게 진행될지 알고 있었던 듯한데 우리는 몰랐던 것 같습니다.

나중에 민아는 뇌병변 진단을 받았습니다. 뇌병변 중 사지경직성 뇌성마비로 사지(팔, 다리)가 경직되는 증상 때문에 잘 걷지 못하고 손발이 자유롭지 못합니다. 지적 능력은 어린아이 수준입니다. 숫자에는 매우 약하지만, 감성은 충만하여 어른스럽게 말을 하기도 합니다. 아이는 커가며 대수술을 여러 번 해야 했습니다. 쉽지 않은 시간들이 지나가고 민아는 정말 많이 좋아졌습니다. 혼자 걸을 수도 있고, 난간이 있는 계단이면 난간을 잡고 계단도 올라갈 수 있습니다. 젓가락질은 어려워하지만 포크는 사용할 수 있습니다. 할아버지의 지극정성으로 글도 읽을 수 있고 괴발개발이지만 한글을 쓸 줄 압니다. 감사하게도 민아 주변에는 언제나 좋은 선생님, 좋은 친구들이 있었고, 민아는 사랑을 많이 받았습니다.

민아는 내성적인 성격이지만 친해지면 수다스럽고 정을 담뿍 주는 아이입니다. 거짓말이 뭔지 모르는 청정한 뇌를 가졌기에 지나치게 솔직할 때가 있어서 모두를 당황스럽게 만들기도 합니다. 민아를 보면서 우리는 얼마나 위선적이고 의례적인지 느껴질 때가 있습니다. 솔직 담백한 게 아니라 그저 진짜 사실을 이야기하는 것밖에 모르는 아이에게 경외심마저 느낄 때도 있습니다.

민아는 많은 걸 배우고 싶어 하고 세상을 알고 싶어 합니다. 직장에서 사람들은 어떤 일을 하고 어떤 스트레스를 받는지, 프랑스는 어디에 있고, 이탈리아 사람들은 무얼 먹는지, 국가대표들은 얼마나 많은 훈련을 하는지, 감정노동은 얼마나 힘든지, 고우림이 다녔다는 서울대는 어떻게 생겼는지, 기후변화와 저출산이 사회에 어떤 영향을 미칠지, 맛있는 요리에는 어떤 재료가 들어가는지 등등 궁금한 것이 많은 아이입니다.

에펠탑이 어디 있는 거냐고 물어보면 프랑스로 여행을 가고, 고우림 때문에 궁금해진 서울대도 가서 밥도 먹어보고, 직장생활은 각종 앱을 깔아서 대리 체험을 하고, 나라별 특성은 TV프로그램 〈비정상회담〉을 통해 배우고, 세계의 역사는 각종 참고

서와 〈벌거벗은 세계사〉를 보며 배웁니다. 책도 좋아하는데 특히 세계명작 중 〈전쟁과 평화〉, 〈몬테크리스토 백작〉, 〈소공녀〉를 좋아하고, 만화 〈검정 고무신〉과 전래동화도 좋아합니다.

노래 잘하고 부드러운 인상의 가수들도 좋아합니다. 중학교 때는 거미에 빠져서 대구로 콘서트를 보러 가기도 했고, 케이윌의 노래에 빠져 콘서트도 두 번이나 갔었고, 뮤지컬 〈킹키부츠〉를 보고 이석훈에 빠지더니, 요즘엔 포레스텔라에 반해서 고우림에 빠져 있습니다. 민아의 첫사랑 가수는 지드래곤인데 그의 전시회를 보러 갈 때는 너무 설레서 전날 잠도 못 잤습니다. 지금도 여름엔 빅뱅, 지드래곤을 듣고, 봄엔 케이윌을 듣고, 겨울엔 거미를 듣습니다.

엄마의 임신중독증으로 7개월 반 만에 태어나 죽을 고비를 넘기고 대수술도 여러 번 했던 여리디여린 아이가 어느새 커서 스스로의 이야기로 책을 만들었습니다. 엄마 눈에는 살아준 것도 기적이고, 앞을 보기 힘들 거라는 의사들의 예상을 깨고 보는 것도 기적이고, 거의 걷지 못했는데 혼자 걷는 것도 기적이고 이렇게 글을 쓰는 것도 기적입니다. 이제 기적의 산물인 이 책을 세상에 내놓으며 새로운 기적을 꿈꿉니다.

매일을 선물처럼 바꾸어놓은 기적의 아이 울애기.
매일 새벽기도에 나가 기도하는 울애기.

엄마, 아빠, 동생을 위해 기도하다가 눈물을 철철 흘리는 맘 착
한 울애기.

이 책에 민아의 모든 마음과 생각이 다 들어갈 수는 없겠지만,
서툴고 어설퍼도 민아의 진심과 사랑이 담뿍 담겨 있기에
많은 분들이 빙그레 미소 지으며 따뜻한 위로를 받고
재밌게 읽어주시기를 진심으로 소원합니다.

2024년 4월

마음을 담아~ 민아맘

차례

희극인의
삶

우리가 생각하는 희극인의 모습은 그냥 웃음을 주는 사람이다. 그런데 희극인은 웃음을 주기 위해 노력하고 회의를 해서 코너를 만든다. 그렇지만 슬픔을 참고 계속 웃겨야 하는 직업이다.

희극인도 나는 예술인에 속한다고 생각한다. 예술인이기 때문에 수많은 악플과 정신적으로 제일 고생을 많이 하는 것 같다. 일반인 15배 더 힘들다. 이런 희극인들에게 욕으로 상처를 주지 말고 응원을 해야 한다. 나는 예술인들이 결코 행복하지 않다고 느껴진다. 너무 톱스타로 뜨는 것도 안 좋다. 그 스타의 가족들까지 악플에 시달리고.

또한 사생팬들도 좋지 않다. 스타를 너무 쫓아다니면 스타가 피곤해질 수 있기 때문에 조용히 응원하는 게 좋다.

보통 희극인은 개그를 할 때 남을 비하하거나 희화화하는 것을 많이 한다. 그런데 박지선의 개그는 엄마가 이야기하는 것처럼 들리는 일상적인 소재였다. 긍정적이고 착하고 건강한 웃음을 주는 희극인이다. 나도 사람들에게 긍정적인 에너지를 주고 싶다. 요즘같이 힘든 시대에 위로와 감동을 주는 작가가 되고 싶다.

또한 희극인은 웃음을 주는 사람이지 참는 분이 아니라는 걸 알려주고 싶다. 스타는 영향력을 미치는 사람이다. 생각해보면 빛과 소금이 되는 사람이다. 또 다른 쪽으로 생각해보면 빛나는 사람이다.

스타의 생활은 참 피곤하다. 말도 때에 따라서 잘해야 하고 공인이기 때문에 사생활이 없고 모든 것이 다 알려지는 사람이고 보여지기 때문에 태도가 좋아야 한다. 특히 연예계는 예의를 많이 따진다. 안 좋은 부분도 있지만 좋은 점도 있다.

희극인은 웃음을 주는 사람이지만 희극인은 머리가 좋아야 한다. 내가 그동안 희극인의 삶을 잘 모르고 있었다는 것이 확인되는 글이다. 나는 생각했다.

희극인은 분장을 해야 하는 코너에서는 분장을 한다. 이상한 분장이다. 희극인에게 분장을 못한다는 것은 치영적인 것 같다. 긍정적인 사람은 좋게 생각한다. 스타에게 공황장애나 우울증 불안장애는 기본 옵션인 것 같다. 무조건 마른 몸이어야 가수를 할 수 있고 연기를 한다. 또한 각종 루머와 싸워야 한다. 요즘에는 신상이 털리기 때문에 정말 착하게 살아야 한다. 스타는 특히 더 그런 것 같다. 나의 본모습으로 생각해보면 빛나는 사람이다. 반짝반짝 빛나는 스타들 그리고 결코 그들이 나는 행복해 보이지 않는다. 그 많은 상처가 되는 악플과 정신적으로 제일 고생한다.

이런 스타들은 요즘같이 힘든 시대에 얼마나 힘들까 하고 나는 생각했다. 희극인은 슬픔을 참고 계속 웃겨야 하는 것이 너무 힘들어 보인다. 나는 생각했다. 희극인은 분장을 하고 웃기는 코너에만 분장을 한다. 개그맨이 분장을 못한다는 것은 치명적이다. 그런데 그것을 웃음으로 승화한다. 나도 착한 사람이 되고 싶다.

전염병의
역사

2021. 3. 27.

유럽에서 페스트가 발생했었다. 이름하여 흑사병이다. 많은 사람들이 다 죽고 경제가 마비되었던 시절이 있었다. 지금의 코로나같이 센 전염병이다. 나는 이 병이 빨리 없어졌으면 좋겠다.

역사는 반세기가 지나야 한다. 그래서 다음 세대가 역사를 배우게 된다. 내가 결혼하고 아이를 낳으면 내 아이가 역사를 배운다.

우리의 일상이 바뀌었다. 이제는 언제나 어디서든 마스크를 쓰고 다닐 것 같다. 신종플루, 스페인독감, 사스, 메르스와 같은 전염병은 이렇게까지 세지 않았다. 코로나 같이 센 것은 전 세계 경제를 앗아간 전염병이다. 나는 이 병이 빨리 없어졌으면 좋겠다. 너무 지겹다.

어떤 사람은 그렇게까지 크게 심각하게 생각하지 않지만 또 다른 사람은 심각하게 생각한다. 무서운 것은 이 전염병이 변종이 되어서 또 다른 병을 만든다. 그게 무섭다. 나는 빨리 사람들을 자유롭게 만나고 싶다. 백신을 개발하려면 원래 10년이 걸리는데 1년 만에 개발했다는 것은 의학계에서는 기적이라고 이야기한다. 앞으로 나에게 이 병은 좀 일찍 마스크를 벗고 다니는 것은 위험한 것인 것 같다.

일상의 소중함을 느낀다. 나에게 이 병은 좀 지겹다. 같은 이야기를 하시는 분이 내 곁에 있기 때문이다. 진짜 많이 지겹게 들었기 때문이다. 빨리 사라지라고 하고 싶은데 하나님이 작정한 것이라서 쉽게 끝날 것 같지 않다.

마스크를 잘 쓰고 다니고 손씻기와 같은 개인 위생을 관리해서 국민들의 병원 내원 수가 훨씬 줄어들었다. 앞으로는 사람들이 다 같이 있으면 거리두기를 할 수도 있다. 해외여행을 갈 때 이제는 백신을 맞은 사람만 입국이 가능해질 수도 있다. 바코드 형식으로 될 수도 있다.

결혼의 의미

2021. 4. 16.

결혼은 행복의 시작이다. 나는 결혼을 하고 싶다. 나는 행복하고 싶다. 요즘 사람에게 결혼은 강력한 죄악이어서 점점 결혼을 하지 않는 시대가 됐지만 하고 싶다.

결혼은 여자가 90% 손해이다. 모든 집안일을 다 해야 하고 너무 힘들지만 내 아이가 행복했으면 좋겠다. 남편에게 잘할 것이다. 나는 생각했다. 우리 부모님은 우리에게 잘해주신다.

우리가 생각하는 결혼은 남녀가 부부가 되는 것을 뜻한다. 나와 동생은 나중에 결혼을 할 것 같다. 가끔 비혼주의자라고 이야기하는 내 동생은 때가 되면 결혼하겠지라고 나는 생각한다.

결혼은 좋은 사람 만나 가족과 행복을 나누고 소통하는 것
이다. 모든 부부들이 사이가 좋지 않다. 좋은 가족의 표본인
것 같다. 결혼이 벼슬이 될 수도 있겠다고 예상해본다. 옛날에
는 결혼을 안 하면 안 되었다.

나는 행복하고 싶다. 결혼은 남녀가 부부가 되는 것을 뜻한
다. 아름답게 살고 싶다.

트렌드의
변화

요즘은 가요계에 리메이크 열풍이 불고 있다. 2000년대 발라드가 역주행을 한다. 일명 붐이 분다는 이야기다. 흔히 이야기하는 MZ세대가 2000년대 노래를 듣기 시작했다. 나도 그렇다.

리메이크가 한 장르로 자리 잡기 시작했다. 레트로 열풍이다. 가요계는 추억의 향수를 불러일으킨다. 이 열풍이 언제까지 갈지는 모르겠지만 진정한 추억의 향수를 불러일으키는 가수는 '에스지워너비'다. 뛰어난 노래 실력과 좋은 노래가 많은 그룹. 20004년 그 당시에는 이런 보컬그룹이 없었다고 했다. 요즘은 트렌드가 정말 빨리 바뀌는 시대다 보니 연예계는 더 많은 아이돌이 나온다. 트로트 열풍이 끝이 나고 아이돌계로 다시 돌아서는 것 같다. 오디션프로그램이 또 나오고 있다. 그래서 계속 그렇게 아이돌이 많아지는 것 같다. 2000년대 발라드가 유행하고 옛날 드라마까지 역주행을 한다. 〈야인시대〉, 〈전원일기〉, 〈거침없이 하이킥〉까지 많다.

정말 이 역주행은 언제까지 갈까? 모르겠다. 드라마 역주행이라니 놀랍다. 나는 드라마를 잘 보지 않는다. 옛날 감성이 생각 날 것 같다. 올해는 참 역주행의 달이다. 에스지워너비가 시작이었다. 그리고 브레이브걸스와 아이유까지 다양하다. 나중에 이 아티스트들이 어떤 곡으로 음원차트 1위를 할지 너무 궁금하다.

트렌드의 변화라는 제목으로 글을 쓰다 보니 재미있다.

나 에 게
익 숙 한
방 송 국
제 이 티 비 씨

2021. 9. 1.

제이티비씨는 나에게 익숙하다. 이 방송국의 방송을 보고 있어서 익숙한 곳인 것 같아서 기분이 좋다. 나는 생각했다.

방송은 스타들과 함께하는 대중매체이다. 원조가수의 목소리를 모창하는 모창능력자들과 함께 만들어가는 프로그램인 히든싱어는 나는 전 시즌을 다 봤다. 〈슈가맨〉은 지금은 활동하지 않는 현역이 아닌 스타를 찾는 프로그램이다. 너무 좋았다. 과거의 추억을 생각할 수 있어서 그냥 내가 기분이 너무 좋았는데 향수를 불러일으킨다. 너무 재미있었다. 앞으로도 JTBC가 좋은 방송을 만들기 바라고 있다.

〈비정상회담〉은 외국인 남성 패널들과 세 명의 MC들 전현무 유세윤 성시경이 진행하는 것이었다. 매주 바뀌는 게스트와 함께 안건을 상정하여 뜨거운 토론을 하는 프로그램이다. 나는 이 방송국의 프로그램을 계속 볼 것이다. 많이 찾아놓았다.

심심할 때 보는 방송 JTBC는 참 프로그램을 잘 만드는 것 같다. 좋은 대중매체가 나왔으면 좋겠다. 다양한 주제로 한 토론이었다. 외국인들은 수준급 한국어를 하지만 물론 못하는 사람도 있다. 그리고 문화도 다양하다. 일일 비정상 대표도 한번씩 온다. 다른 패널이 불참하게 될 경우에 온다고 할 수 있다. 어제 〈비정상회담〉을 다 보고 열심히 여기에 글을 쓰고 큐티를 하고 공책에 글을 썼다.

오늘부터 다른 JTBC 프로그램 〈내 친구의 집은 어디인가〉를 시청하고 있다. 여기에도 유세윤이 나온다. 다른 분들도 나오신다. 〈비정상회담〉에 나왔었던 패널의 국가를 여행하며 문화를 체험하는 것이다. 처음에는 중국으로 갔다. 언제부터 나는 JTBC 광팬이 됐을까? 궁금하다.

사랑해요~ JTBC.
모든 프로그램을 독파하고 있다.

아기를
키우는
것은

출산이라는 것은 아기가 태어나는 것이다. 물론 경제적으로 힘이 들어서 아기를 낳고 키울 때 돈이 많이 들어가지만 그에 따른 행복을 느끼게 한다. 나는 행복하고 싶다.

요즘 사람에게 아이를 낳으면 힘들 것이라는 이미지가 있다. 나는 아이가 예의가 있는 사람이었으면 좋겠다. 스트레스 받지 않고 자랐으면 좋겠다는 생각이 든다. 공부도 많이 시키지 않을 것이고 아이게 꿈이 있으면 응원해줄 것이다. 강요하지 않고 압박감 없이 살게 하고 싶다. 이런 것이 내 아이의 행복이다. 화를 내지 않는 엄마가 되고 싶다.

출산의 단점은 아이에 대한 교육비가 많이 들어간다는 것이다. 태어나는 아기가 탄생하는 것은 기쁜 일이다. 행복하고

싶다.

　요즘 사람에게 결혼은 강력한 죄악이어서 점점 결혼을 하지 않는 시대가 됐지만 나는 하고 싶다. 나는 결혼을 해서 아기를 낳을 때 출산의 기쁨을 느끼고 싶다. 우리 엄마도 나를 낳았을 때 행복을 느꼈을까 생각이 든다. 내가 미숙아로 너무 일찍 나와서 어릴 때부터 손이 가장 많이 간다고 나는 생각했다. 그렇지만 나는 잘 자라고 있다. 내 아이도 잘 자라게 하고 싶다.

아이돌이
세대교체를
하는 것은
무엇일까?

2021. 10. 23.

아이돌의 세대교체는 아이돌이 나이가 들고 신인 아이돌이 데뷔하기 때문이다. 소녀시대가 30대가 되었다. 내가 20대 초반인데 언니들은 숙녀가 되었다. 아이돌의 노래가 연속으로 매가히트를 하는 것은 쉽지 않다. 아이돌의 변천사는 1세대 그룹부터 시작한다. HOT, SES가 1세대 보이 걸그룹이다. 핑클도 있다. 소녀시대는 2세대 걸그룹이다. 치열하게 연습생 생활을 한다. 나는 아이돌을 좋아하지 않는다.

소녀시대는 아니다. 거의 7년 동안 연습생 생활을 했다. 끝없이 연습하고 아주 힘든 다이어트와 자신과의 싸움을 어린 나이부터 하니 힘들다고 느껴질 수밖에 없다. 사춘기 시절에 SM으로 들어가서 치열한 연습을 했다. 12살 13살에 거의 초등학생 나이이다. 그때부터 오랜 시간 연습생 생활을 하고 그렇게 언니들이 원하던 데뷔를 하게 되었다. 그렇게 오랜 시간 활동을 하더니 벌써 데뷔 14년 차다. 30대가 되어 있는 언니들은 시간의 흐름을 느낄 때 막내가 31살이 되었다는 것이며 신기하다고 했다.

신인 아이돌이 나오지만 지금까지 팀 해체를 하지 않고 각자 활발하게 활동하는 언니들을 나는 응원하고 있다. 얼마 전에 언니들이 〈유 퀴즈 온 더 블럭〉에 출연하였다. 완전체 출연이었다. 내가 참 좋아했는데 반가웠다.

스타를
좋아하는
것은

2021. 11. 10.

스타는 영향력을 미치는 사람이다. 또 팬들을 즐겁게 한다. 내 첫 스타는 지드래곤이었다. 잠도 못 잘 정도로 좋아했다. 심장이 떨렸다. 거미는 팬카페에 가입하고 콘서트 티켓을 예매해서 대구까지 가서 언니 콘서트를 관람했다. 지금도 좋아하고 있다. 스타를 좋아하는 것은 행복한 것이라고 하시는 우리 엄마도 안 좋아하는 스타가 있다. 바로 버즈 메인보컬 민경훈이다.

이석훈은 뮤지컬 〈킹키부츠〉에서 보고 홀딱 빠졌다. 계속 질리지 않고 좋아하는 가수로 남아 있다. 이석훈을 좋아한 이후로 내가 부드러운 사람을 좋아하는 것 같다고 생각했다.

소녀시대는 2세대 걸그룹이다. 치열하게 경쟁을 해서 20007년 8월 5일 다시 만난 세계로 데뷔했다. 나는 그 당시 언니들을 굉장히 좋아했다. 30대가 된 언니들은 숙녀가 되었다. 나도 학생티는 벗었다. 얼굴이 변한 언니들은 있었다. 서현, 수영 언니이다. 서현 언니가 〈유 퀴즈 온 더 블럭〉에 출연하였다. 그때 완전 얼굴이 변화되어서 왔다. 31살이라는데 37살처럼 보이는 것은 뭘까?

반가웠다. 팬들과 같이 나이 들고 있는 거 같아 좋다. 소녀시대는 나에게는 익숙한 그룹이다. 예능프로그램도 많이 나오고 음원 활동도 했고 영화 드라마 등 다방면으로 활동하고 있는 언니들이 감사하다. 기획사를 옮기면서도 완전체로 모여준 소녀시대 수영, 유리, 티파니, 효연, 서현, 윤아, 써니, 태연.
물론 다 그런 것은 아니다. 일부만 그런 거다. 스타를 사랑하는 나의 마음이다.

동물의
멸종

2021. 11. 16.

동물을 좋아하지 않는다. 나는 〈시턴동물기〉라는 책으로 동물에 대해 알게 되었다. 강아지, 여우, 곰 등 다양한 동물을 알고 있었다. 나는 생각했다. 우리 같은 세대는 환경을 보호하면서 동물의 소중함을 알게 되었다. 나는 동물을 알게 되어서 너무 감사하다.

강아지를 좀 많이 무서워했는데 지금도 그렇다. 엄마도 강아지는 좋아하지 않는다.

나는 더 이상 멸종위기종 동물이 없으면 좋겠다. 흔히 이야기하는 동물을 생각해보면 강아지, 고양이, 물고기, 원숭이, 거북이, 뱀 같은 파충류가 있다. 동물의 종류는 여러 가지이다.

우리집은 물고기를 키우는데 너무 예쁘다. 물론 해수어는 관리하기 힘들다. 24시간 전기가 돌아가야 하고 때마다 물도 갈아줘야 한다. 정말 손이 많이 가는 동물이다. 해수어.

다른 분들이 아는 이모까지 다 기절한다. 신기하다고 하는 사람도 있다. 귀여운데 힘든 관리가 단점이다.

아빠는 취미가 너무 고급지다. 처음에는 물고기를 몰랐는데 지금은 완전 물고기를 아주 잘 알고 있다.

동물의
멸종
2

2021. 11. 22.

동물의 멸종은 안 좋은 것 같다.

나는 동물을 좋아하지 않는다. 그런데 〈시턴동물기〉라는
책으로 동물에 대해 알게 되었다. 동물의 종류는 여러 가지이
다. 강아지, 고양이, 물고기, 새, 파충류가 있다. 멸종위기종이
없어졌으면 좋겠다. 소중함을 알게 되었다. 동물의 습성도 알
게 되었다. 기분이 좋았다. 강아지, 여우, 곰 등 다양한 동물을
알고 있었다. 강아지를 무서워하는 나는 지금도 강아지가 오
면 도망간다. 진짜로 동물을 별로 좋아하지 않는 것 같다.

야생동물이 3%고 가축은 많다. 그 가축에서 메탄가스가
나온다.

요즘은 워낙 반려견을 키우는 사람들이 많아지고 있다. 반

려동물 키우는 인구 천만이라고 한다. 그렇지만 요즘은 동물 때문에 지구가 아프고 있다. 플라스틱을 안 쓰고 고기도 먹지 않아야 되지만 무서운 것은 그렇게 못한다는 것이다. 요즘은 편한 것을 사람들이 추구하기 때문에 나는 생태교육을 학교에서 시켰으면 좋겠다. 나는 생각했다. 우리 같은 세대는 환경을 보호하면서 동물의 소중함을 알게 되었다. 더 많은 사람들이 알게 되었으면 좋겠다.

요양보호사란?

2021. 12. 29.

요양보호사는 희생과 헌신이 필요하다. 초고령 사회인 우리나라는 갈수록 요즘에는 요양보호사가 필요하다. 2060년에는 한 사람이 부모님을 봉양해야 할 정도로 고령화 사회가 된다.

요양보호사는 어르신들을 돌봐드리는 직업이라서 아주 힘든 직업이다. 그렇지만 어르신을 건강하게 돌봐드린다. 보람을 느끼는 직업이다. 이런 직업은 사명감과 헌신이 없으면 하지 못할 것 같다. 요양보호사는 요양원에서 다양한 어르신들을 만나는 것 같다. 우리 할머니처럼 성격이 좋아서 그냥 지내는 분들 까다로운 분들 뭐 다양하다.

요양원은 요양보호사가 일하는 곳이다. 요양보호사가 필요하다. 나는 생각했다. 자격증이 꼭 필요한 직업에 요양보호사

가 있다고 생각한다. 나는 잘 몰랐던 직업이었던 요양보호사
란 희생과 헌신이 필요한 직업이다. 존경스럽다.

중국에
대하여

2022. 1. 9.

나는 중국에 대해서 잘 몰랐는데 중국어를 배우면서 많이 알았다. 그저 인구가 많은 나라, 다양한 음식을 먹는 나라로만 알았었다.

아침 노점상이 있다는 것이다. 중국만의 문화이고 12시 점심시간은 든든히 먹는다는 중국 사람들의 이야기. 차가울 것 같은 이미지의 중국이었는데 중국어 선생님이 친해지면 한없이 잘해준다고 하셨다. 그 말이 생각난다. 중국에서는 족발을 그믐달에 축하음식으로 빠지지 않고 먹는다. 중국에서 생선을 뒤집는 것은 배를 뒤집는 것과 같다고 했다. 한자녀 정책이었던 중국은 지금은 법이 바뀌어서 3명까지 낳아도 된디고 중국어 선생님께서 말씀하셨다.

중국어를 배우면서 모르는 나라에서 익숙한 나라로 변했다. 이미지가 바뀌었다. 좋다. 중국이란 나라. 따뜻하고 정이 넘친다. 역사문제는 별개다.

결혼의 현실
육아휴직이란?

2022. 1. 15.

결혼과 출산은 가족을 만드는 것이다. 새로운 가족을 만든다. 여자는 결혼할 때 준비할 것이 진짜 많다. 상견례를 해야 한다. 남자도 똑같다. 신혼집도 있어야 한다. 드레스와 메이크업과 헤어 스튜디오까지 정말 많다. 결혼하고 임신을 하면 잘 먹고 기분 좋게 태교를 해야 한다. 그리고 결혼식의 하이라이트는 청첩장과 청첩장 문구, 신혼여행지 고르기다.

출산을 하면 여자들은 육아휴직을 거친다. 직장이 있는 분들은 1년을 휴직한다. 내가 아는 물리치료 선생님은 1년 3개월 휴직이라고 했던 말이 기억이 난다. 선생님이 어느새 아기를 낳다니 기뻤다. 나도 나중에 결혼을 하면 경험하겠지? 생각했다. 육아휴직이 잘 되어 있으면 아이들이 많이 생겨서 생산가능인구가 증가한다.

나는 30살 이전에 작가로 돈을 벌어서 결혼 자금을 모아서 30살에 결혼을 할 것이다. 나중에 꼭 결혼을 잘하지 않으면 안 되니까 말이다.

셰프로
사는 것은

2022. 1. 23.

셰프는 요리를 만들어서 음식점을 개업해서 손님이 와서 맛
있게 드시면 거기서 보람을 느낀다. 불을 사용하고 칼을 쓴다.
위험한 것이지만 맛있는 요리를 만들면 셰프는 기분이 좋아지
면서 더 열심히 만들게 된다. 요즘은 워낙 맛있는 음식이 많아
졌다. 요즘 내가 〈냉장고를 부탁해〉를 보는데 그 방송에 많은
셰프님들이 나오신다. 15분만에 요리를 만든 대단한 분들이
다. 여러 가지 조리법에 관심이 생겼다.

　우리집은 공식 셰프가 있다. 엄마다. 매일 저녁마다 다양한
요리를 하는 우리 엄마가 요리를 만들면 나는 맛있다고 항상
이야기를 해준다. 집에서 파스타를 해 먹는 우리집은 다양하
게 먹는다.

그런 것처럼 셰프들도 레스토랑에 입사해서 첫 출근을 하면 퇴근할 때까지 4시간을 서 있는다고 학교에서 공부했다. 우리는 그렇게 못한다. 칼을 쓴다. 불도 사용하고 그래서 위험하지만 손님이 와서 맛있게 드시면 보람을 느낀다. 불가능을 가능으로 만드는 게 셰프라는 것이다.

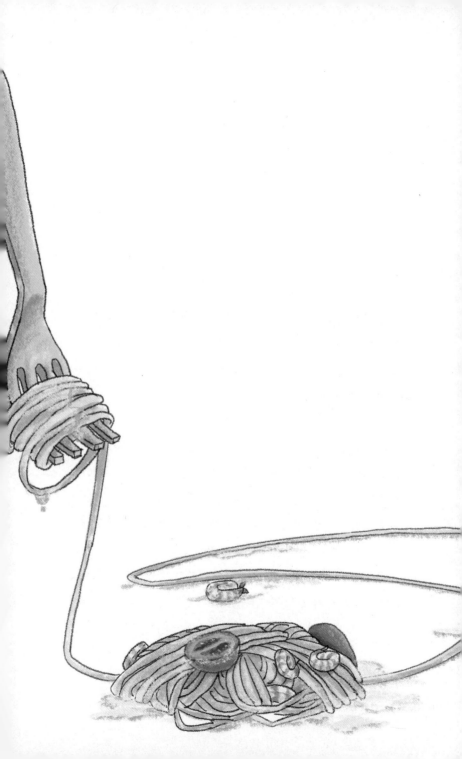

뮤지컬의
역사

2022. 1. 29.

나는 뮤지컬을 정말 많이 봤다. 나는 중학교 때부터 뮤지컬을 봤는데 〈레미제라블〉을 봤다. 그게 김문정 음악감독님이 총괄하는 공연이었다. 뮤지컬에 대해서 모든 것을 알고 있다. 너무 많이 봐서.

뮤지컬은 노래 연기 춤까지 출 수 있는 종합 예술이다. 보니 정말 많이 연습해야 하는 장르다. 최초의 뮤지컬은 영국에서 만들어졌다. 〈흉악한 사기꾼〉이라는 제목의 뮤지컬! 우리나라도 뮤지컬을 정말 잘 만든다. 해외에서 라이센스 뮤지컬이 처음으로 들어오면 김문정 음악감독님이 맡으신다.

뮤지컬은 다른 장르에 비해 준비기간과 연습기간이 길다. 공연 3시간 하려고 1년을 연습한다. 뮤지컬의 특성상 악기의 튜닝을 한다고 했다. 영화 연극보다 공을 들이는 시간이 많은 뮤지컬의 특성을 나는 알고 있다. 왜냐하면 고등학교 때 친구들과 함께 뮤지컬을 제작해봤으니 뮤지컬 관련 글을 써보고 싶었다. 학교에서 만들었던 뮤지컬은 재미있었다. 그것을 만들면서 뮤지컬이 시간이 얼마나 걸리는지 알았다. 조명과 노래 악보와 연기와 의상과 여러 가지를 준비해야 한다.

김문정 음악감독님이 내가 아는 뮤지컬 배우 중에 옥주현을 칭찬하셨다. 다른 배우들도 있었다. 그중에서 옥주현을 좋아한다. 우리 가족은 정성화 배우님도 좋아한다. 엄마가 좋아하신다. 다른 배우들도 관리를 하겠지만 옥주현은 김문정 음악감독님이 혀를 내두를 만큼 자기관리가 철저한 분이다. 뮤지컬을 오래하신 분이셔서 워낙 잘하신다. 우리 엄마는 민영기 배우님도 좋아한다.

지금까지 본 뮤지컬 중에 최근 작품은 〈빌리 엘리어트〉다. 엄마는 처음에 나에게 춤을 추는 이야기라며 보여주셨다. 뮤지컬을 더 이야기하고 싶은데 너무 많아서 생략하겠다.

아무튼 김문정 음악감독님이 바라시는 뮤지컬 배우를 꿈꾸고 있는 분들을 위한 뮤지컬이 무엇인가를 배우는 곳이 생겼으면 좋겠다.

나의 삶

2022. 2. 5.

나는 다른 사람들이 가장 부러워하는 삶이다. 아무 걱정 없이 살고 싶어 하는 사람이 많기 때문에 부러워한다. 그 대신에 나는 평생 물리치료를 해왔다. 치료사 선생님에 따라서 내가 달라진다.

나는 엄마에게 들었다. 나는 어렸을 때부터 말을 너무 잘해서 엄마 아빠 할머니 할머니 고모까지 온 가족이 있는 집에서 아빠에게 아빠라고 안 하고 아버지라고 해서, 우리 가족은 내가 장애인이 될 거라고 생각을 못하고 있었다. 나도 내가 이렇게 될 거라고 생각을 못했다.

평생 정신연령 7살로 살아가고 있는 나는 엄마의 도움이 많이 필요하다. 그래서 나는 집에서 요즘에는 내가 손이 참 많이 가는 아이구나 싶다. 엄마를 도와주고 싶어 하는 나는 집에서 설거지를 한다. 엄마랑 장을 보려 가면 짐을 들어준다. 이건 해준 지 오래되었다.

나는 동생을 너무 좋아한다. 민수의 단점은 방청소를 안 하는 거다. ㅋㅋㅋ 요즘 나의 기도는 민수 대학 가게 하기이다. 하나님은 나의 기도를 들어주신다. 민수가 큐티를 하는 것을 보고 싶어 하는 것인지 나는 계속 기도한다. 민수 결혼 기도와 내 결혼 기도, 지금의 다짐과 미래를 생각하는 기도를 한다. 엄마 건강하게 해달라고 기도한다. 기도할 사람이 많다.

다이어트하는
사람은
어떻게 살까?

2022. 2. 12.

연예인의 필수과정인 다이어트. 걸그룹과 보이그룹은 데뷔하자마자 초기 때 극한 다이어트 식단 조절을 한다. 나는 그렇게 안 해도 되지만 다른 사람들은 아니다.

　나는 생각했다. 다이어트를 극단적으로 할 수 없는 사람들은 적당한 영양소를 섭취히고 운동을 하는 것이 바람직하다. 나는 다이어트 식단 조절을 해본 적이 없다. 타고나게 날씬한 몸이기 때문에 안 해도 된다. 배우들 가수들 모델들까지 다이어트 식단 조절을 한다. 일명 붐이 분다는 이야기다. 나는 날씬한 게 참 복이다 생각한다.

　나는 잘 몰랐던 직업모델은 극하고 무섭도록 철저하게 관리를 위해 노력을 해야 한다. 특히 현역은 더한 것 같다. 모델 한혜진 님은 삼겹살은 기름이 있어서 살이 찔까 봐 먹지 않는다고 했다. 〈냉장고를 부탁해〉를 보면서 대단하다고 느꼈다. 철저하게 관리를 위해 노력을 해야 한다.

나는 복이다. 아빠를 닮아서 그런 것이다. 일반인은 결혼을 해서 아기를 낳아도 살을 빼지 않아도 되는데 연예인들은 아니다. 무조건 살을 빼야 한다. 난 아니라 좋다.

벨기에 편
1

2022. 2. 24.

벨기에는 초콜릿과 와플이 유명한 나라다. 벨기에는 국토가 우리나라 경상도 크기밖에 되지 않는다. 유튜브에서 찾아봤다.

벨기에는 맥주가 많은 나라다. 동거가 일반적인 것이 특징이다. 보니 같이 사는 것도 그렇고 대화와 심지어 자는 것까지 가능하고 피임 이야기를 아주 자연스럽게 할 수 있다.

우리나라는 동거가 불가능하고 피임 이야기를 부모님과 이야기하긴 하는데 유럽보다는 그렇게 많이 이야기하지 않는다. 내가 모르는 나라에서 가장 신기한 나라로 벨기에는 나의 마음속에 등극했다. 이제 다음 편을 보면 음식 문화까지 쓸 수 있을 것 같다.

유럽의 국기는 삼색기가 대체적으로 많다. 왜 그런지는 모르겠지만 나는 해외를 많이 다녀서 알고 있다.

벨기에 1편은 벨기에의 문화와 수도와 제도를 써놓았다. 이정도면 많이 썼다고 할 수 있다. 벨기에는 프랑스어를 쓴다. 남부만이다. 다음 편은 아시아다.

오늘 아침에 글을 썼다.

가수의
삶

2022. 2. 25.

가수의 삶은 즐겁다. 노래를 부르면서 살아가는 직업이다. 그리고 가수들이 위로를 받을 때도 있다고 했다. 특히 팬미팅에서 가수들이 가장 많이 하는 말이다. 기쁨을 주니까 팬들이 응원해주니까 기뻐서 하는 것이다. 팬들에게 위로를 주기 위하여 앨범 발매를 하기 위해 많은 노력을 한다.

나는 그런 가수들의 노래를 들으면서 행복을 느끼고 위로를 받았다. 나는 생각했다. 가수들은 노래 연습을 얼마나 할까?

케이윌은 가이드 보컬로 가요계에 데뷔해서 활동하기까지 야전에서 고생을 많이 했다. 사실 가이드 보컬 출신 가수들 중에 성공한 케이스는 없는데 케이윌 오빠는 성공했다. 히트곡도 500곡이 넘는다.

거미 언니는 가수 지망생들의 영원한 워너비 선배 가수다. 다들 거미 선배님처럼 되고 싶어요라고 한다. 데뷔할 때 레게 머리에 물 속에서 피아노를 치면서 발라드를 부르는 가수였던 거미 언니는 소속사 사장님께서 너의 음악으로 사람들을 사로잡아라 곤충이 거미줄에 빠지면 헤어나지 못한다는 의미에서 활동 예명으로 거미라고 지었다고 한다. 언니는 정말 노래를 잘하는 가수이다. 가수보다 노래 잘하는 가수 거미. 나는 지금도 언니를 좋아한다.

소녀시대는 2세대 걸그룹이다. 모든 아이돌의 롤모델이다. 그렇게 오랫동안 활동을 하면 연차가 쌓인다.

운동선수의
삶

2022. 3. 1.

운동선수는 진짜 롱런하지 못하는 것 같다. 왜냐하면 너무 많이 운동을 하다 보니 몸이 망가지는 것은 기본이다. 운동선수는 노력을 해야 한다. 나는 스포츠인들의 삶이 너무 힘들어 보인다. 올림픽 전에 세계선수권대회 월드컵을 해서 최상의 컨디션을 유지한다. 나는 운동선수가 대단한 분들이라고 생각했다.

이상화 선수는 25년 동안 스피드스케이팅 선수로 살았다. 나는 올림픽을 보면서 이 4년이란 시간이 값지게 느껴지는구나 느낀다. 국가대표는 노력 없이는 할 수 없다. 굳은살은 기본이다. 너무 고강도 운동을 하는 운동선수들은 대단하다. 특히 스피드스케이팅은 무릎을 구부려서 하는 스포츠라서 무릎이 망가지면 하지 못한다. 나에게 존경심을 불러일으킨다.

나도 더 열심히 살아야 한다.

　은퇴를 한 선수들은 해설위원이나 지도자로 새 삶을 시작
한다.

네팔에
대하여

2022. 3. 7.

히말라야 산맥이 품고 있는 신들과 함께 사는 나라인 네팔은 식사할 때 말을 하면 안 된다. 밥도 신이라고 생각하기 때문이다. 모든 것들을 신이라고 생각하기 때문에 감사함을 안고 사는 네팔 사람들은 일상의 시작이 기도다. 항상 감사하며 사는 국가이다.

　네팔은 손님이 오면 성대하게 환영식을 해준다. 나는 국가 글쓰기를 좋아한다. 그 세 번째 나라가 바로 네팔이다. 네팔의 주 교통수단은 버스와 경비행기다. 기차는 없다. 네팔의 예절은 웃어른의 발에 이마를 대는 것이다. 그것이 예절이다. 심지어는 살아 있는 여신에게도 그렇게 인사를 한다. 나는 다른 나라에서 이렇게 정을 느껴보긴 처음이다. 나는 해외여행을 많이 나가봐서 문화에 대해서 알고 있다.

　네팔 음식은 대표적으로 달밧이 있다. 달밧은 네팔 가정식이다. 밥과 녹두로 만든 국 같은 스타일의 국물과 타커리라는 밑반찬이 있다. 네왈족이 먹는 음식인 뚜짜는 네왈족의 전통 요리이다. 이 요리에서 달걀은 행운의 음식이어서 꼭 준비한 다. 보저는 네왈족의 전통요리이다. 메인요리인 이 음식은 쌀을 찐 것을 기본으로 한다. 과거 네왈족은 보저로 식사를 대신했다고 한다. 네팔식 막걸리인 창이라는 것은 카트만두에서는 주로 쌀을 이용해서 만들고 신맛이 특징이다.

그리고 네팔도 디저트가 있다. 바로 더히라고 하는 요구르트이다. 물소의 젖을 끓여 응고시킨 박티프르의 아주 유명한 요구르트이고 옛날 박티프르의 왕이 즐겨 먹었고 세계에서 가장 부드러운 요구르트로 정평이 나 있다. 하나 더! 러스바리라는 네팔 사람들이 가장 좋아하는 디저트는 달콤한 맛이 난다. 화룡점정은 네팔식 과자인 라키 머리인데 주로 이 과자는 네팔의 결혼식 때 나누어주는데 신랑 측이 신부 측에 이 과자를 보내서 결혼을 약속하는 풍습이 있다. 아직도 대가족 문화와 전통을 가지고 있는 네팔. 우리나라 옛날 모습이 보인다.

많이 쓴 것 같다.

우리 엄마의
삶

엄마는 어렸을 때 외할머니와 함께 살았다. 나는 엄마와 닮았다. 반지를 좋아한다. 계획적이다. 엄마는 뮤지컬을 너무 좋아한다. 내가 중학생, 민수가 초등학교 때부터 공연장을 다녔었다. 그래서 지금은 공연장을 외운다. 실제로 본 연예인들이 얼마나 많은지. 그 정도로 엄마는 예술을 좋아한다. 엄마는 대학교 때 남학생들이 많았다고 한다. DJ도 했었던 엄마는 음악을 많이 아신다. 어린 시절도 행복했지만 지금도 행복한 엄마다. 내가 엄마를 행복하게 해줘야지!

엄마는 친구들과의 사이도 좋다. 고3 때 미선이 이모를 만났다. 엄마는 미선이 이모와의 추억이 아주 많다. 한번 이야기하면 계속 나온다. 민정이 이모는 엄마가 항상 이야기하고 심한 날라리였다고 한다. 그런데 제일 오랜 시간 동안 알고 있었다. 엄마는 정을 참 오래 붙인다. 민정이 이모는 엄마가 대학생일 때 이모가 중학교 2학년 때였다고 하니 정말 오래되었기 때문에 굉장히 잘 아신다. 친구들과의 사이도 좋다.

어제 이모가 우리집에 와서 그랬다. 나는 네 엄마한테 30년째 길들여져서 너는 아직 멀었다고. ㅋㅋㅋㅋ 웃기다. 엄마는 학창 시절과 대학 시절을 아주 행복하게 재미있게 잘 보내고 회사에 들어가서 보험일을 하다가 연도 대상을 받고 잘 생활해서 매니저까지 하다가 30살이 되어서 하나님에게 기도를 할 때 영혼이 맑은 사람을 주세요 아무것도 보지 않을게요 했더니 한 달만에 아빠가 나타났다고 했다. 아니다. 나중에는 외할머니가 소개를 시켜주셨다고 한다.

결혼 후 엄마는 나를 임신했는데 임신중독이 와서 혈압이 180까지 올라가서 굉장히 위험했고 동생을 낳을 때도 엄마는 힘들었다고 했다. 민수는 엄마가 전치태반으로 출산했다.

그래도 나는 지금도 엄마가 우리를 잘 키워주고 있는 것을 느낀다. 엄마에게 감사하다.

엄마 사랑해♡~^^

하이힐의
유래

2022. 3. 16.

구두를 좋아하는 나는 엄마에게 하이힐의 유래를 물어봤다.
중세시대에 서양에서 남자들이 먼저 신었다. 나는 정말 놀랐
다. 중세시대 서양 사람들은 얼마나 더러웠으면 그랬을까. 화
장실이 없어서 오물을 길바닥에 버리는 행동을 했었다. 얼마
나 씻지 않았으면 흑사병이 오나. 그 당시에는 그런 개념이 없
어서 하이힐도 만든 것이다.

　나는 예쁜 신발을 좋아하는데 적당히 신는 것이다. 나는 구
두를 좋아하는데 그런 유래가 있었는지는 알고 있었다. 우리
가 일상적으로 신는 신발이니까 알고 싶었다. 나는 유래를 공
부하는 것을 좋아한다.

　여러 가지를 알고 싶다. 끝이다.

다
포기하는
시대

2022. 3. 23.

왜 요즘은 취업을 하기가 너무 힘들까. 나는 행복하게 살고 있다. 앞으로 더 행복했으면 나는 좋겠다.

명문대를 나와도 박사학위를 따도 취업이 안 되는 세대다. 앞으로 더 좋아지겠지 생각한다. 스트레스 없이 사는 시대가 왔으면 좋겠다. 그런데 왠지 세대가 바뀌면 더 좋아지길 바란다.

직장과 결혼을 포기하고 출산도 포기하는 요즘 세대 사람들에게 위로를 주고 싶다.

다
포기하는
시대
2

2022. 3. 25.

나는 요즘 세대가 많은 것을 포기하고 사는 것 같다. 나는 포기하는 것을 싫어한다. 앞으로 세대가 바뀌어서 다 포기하지 않는 시대가 왔으면 좋겠다. 얼마나 살기 힘들면 다 포기하고 살까?

나는 가장 상팔자로 진정한 공주로 살아서 모르겠지만 나만 행복하지 다른 사람은 다 힘든 삶이 있다. 학교를 졸업하면 대학을 가야 하고 대학을 졸업하는 순간 취업을 해야 하고 심지어 미래를 준비할 때도 걱정이 있다.

나는 행복하게 살고 있는 것을 알고 있다. 다른 사람들은 더욱더 치열하게 사는데 나만 행복하게 사는 것 같아서 그래서 열심히 살고 있다. 비혼주의자가 많아지는 이 시대. 빨리 결혼과 출산을 하는 사회가 되었으면 좋겠다.

사람들은 왜
부자들을
동경하는가

2022. 3. 27.

우리집은 그렇게까지 부자는 아니다. 내 생각에 부자는 무조건 재벌이어야 한다고 생각한다. 재산이 많고 돈이 많고 풍족하게 살아온 사람들이 진짜 부자다.

내가 생각하는 부자는 잘난 척이 많고 으스대고 고상한 척을 한다. 그리고 가난한 사람에게 막 대한다. 험한 꼴을 보지 않고 큰 아이들은 혼자서 무언가를 결정하지 못한다. 부모님이 모든 것을 다 결정한다.

우리가 다니는 교회는 부자들이 아주 많은 교회다. 일명 스카이 캐슬 교회다. 가장 최고급의 교회다.

빈부격차는 세계적으로 항상 있는 것이다. 물론 아닐 수도 있는데 솔직하게 이야기하는 사람도 있다.

우리는 아빠가 돈을 잘 벌어서 뮤지컬을 보는 거라고 할머니가 많이 이야기했다.

부자는 가문을 따진다. 그게 재벌이다.

민수의
인생

2022. 3. 29.

민수는 우리집에서 막내다. 내 동생이다. 나는 민수의 인생을 보면 참 고생스럽다는 생각이 든다. 항상 잘해야만 하는 세상에서 사는 민수는 공부를 하든 예체능을 하든 항상 잘해야만 한다. 비장애인의 삶이 좋은 점도 있지만 단점도 있다. 너무 힘들기 때문이다.

민수가 예체능을 두 번 하는 것을 보고 나는 예체능 안 하고 물리치료 작업치료만 하니까 몰랐다. 장애인인 나와 달리 민수의 인생은 너무 힘들어 보인다. 민수의 고생은 다 예체능을 하면서 민수가 느낀 것이다. 난 행복하게 살고 있는 것이었다.

나는 나대로 열심히 살고 있다. 민수와 달라도 나는 나다. 민수가 하는 아주 사소한 것을 나는 부러워한다. 내가 못 하니까. 나는 비장애인이 아니고 장애인이니까. 그래서 엄마의

모든 심부름은 민수가 한다. 뭘 사오는 것 숟가락 젓가락 놓는 것 사소한 잔심부름을 민수가 한다. 나보다 치열하게 사는 동생 민수 나와 너무 비교된다.

이제 그만 쓰고 자야지!

민수야 사랑해♡♡♡♡♡♡♡♡^^

나의 삶
2

2022. 4. 2.

나는 다른 사람들에게 도와달라고 잘 이야기하지 못한다. 왜 그런지는 알고 있다. 나는 장애인이기 때문에 도움이 많이 필요한 아이다. 나는 사지경직성 뇌성마비인 나는 손과 발이 자유롭지 않다. 그래서 피아노 연주를 잘 하지 못한다.

가끔은 내가 손이 자유로웠다면 바이올린 연주를 잘 했겠다는 생각이 든다. 해금이나 이런 것도 잘했고 피아노 연주도 잘했겠다는 생각이 든다.

물론 장애인의 삶이 꼭 안 좋은 것만은 아니다. 비장애인보다 훨씬 행복하게 살기 때문에 더 열심히 살아야 한다. 나는 나대로 열심히 살고 있다. 나는 물리치료와 작업치료를 평생 해야 한다. 중간에 멈추면 안 된다. 그게 나의 삶이다.

나는 집에서 요즘에는 내가 손이 참 많이 가는 아이구나 싶고 엄마를 자꾸 도와주고 싶어 하는 딸이다. 나는 요즘에 엄마를 좋아한다.

매일 무엇이든지 좋다고 하는 엄마. 싫은 게 아주 적고 그냥 정이 가지 않는다고 하는 단 한 번도 욕을 하지 않는 엄마.
나는 항상 엄마편이다.

흑사병
이란?

흑사병은 중세시대 서양에서 일어난 최초의 전염병이다. 얼마나 더러웠으면 그랬을까? 씻는 개념이 없는 중세시대 서양 사람들은 전염병이 터졌을때 자해를 했다고 한다. 왜 그렇게나 몰랐을까? 씻으면 되는데.

그거 보면 우리나라는 깨끗하다. 과거에는 우리나라가 선진국이라고 우리 부모님이 이야기했기 때문이다. 서양 사람들은 지금도 깨끗하지 않다. 이런 것이 최초의 전염병이 발생할 만했다.

한국인은 잘 씻는 민족이다. 전염병을 조심하기 위해 손씻기를 생활화해야 한다. 나는 손을 매일 씻는다. 아프지 않기 위해 병이 걸리지 않기 위해서 정말 열심히 옛날부터 깨끗하게 청결을 유지한다. 과거에 선진국이었다는 말이 맞는 것 같다. 대한민국은 깨끗하다. 깨끗한 나라에서 가장 행복하게 살고 있다.

뮤지컬
배우의
삶

2022. 4. 9.

나는 뮤지컬을 좋아한다. 엄마가 공연을 아주 좋아해서 자주 본다. 본 뮤지컬이 한두 개가 아니어서 아주 잘 알고 있다. 무대 장치에도 돈이 엄청 많이 들어간다. 평생 종합예술을 하면서 살아가는 직업이다. 그리고 노래와 연기와 의상과 여러 가지를 준비해야 한다. 춤까지.

나는 고등학교 때 친구들과 함께 뮤지컬을 제작해봤으니 뮤지컬 배우의 삶이 얼마나 힘든지 알고 있다. 배우를 캐스팅하고 연습하는 기간만 1년이고 제작하는 것까지 진짜 공이 많이 들어가지만 종합예술이라서 느끼는 삶의 행복함은 진짜 다르다. 뮤지컬은 종합예술이다. 관객에게 박수받는 직업 뮤지컬 배우의 일상은 예술을 하는 것이다.

향수의
유래

2022. 4. 17.

나는 향수를 좋아한다. 내 기분에 따라서 뿌린다. 향수를 내가 너무 좋아해서 엄마가 향수 5개를 사주었다. 한 종류도 아니고 다섯 종류라니 정말 많다. 진짜로 1년은 쓰겠다. 엄마는 내가 뭘 좋아하는지 알고 있다.

나는 향수를 이렇게까지 많이 좋아하는지 예전에는 잘 몰랐다. 향수순이다. 생일에 뭘 사줄까라고 엄마가 물어보면 향수를 사달라고 한다. 정말 나는 향수를 좋아한다.

앞으로 무슨 유래에 대해서 쓰지 말고 내가 느끼는 대로 써야겠다. 집에서 요즘에는 향수를 뿌린다. 앞으로도 계속 그렇게 글을 쓸 것 같다.

신라시대부터 사용한 향수는 액체로 된 화장품이다. 나의
최애 선물 향수.

여기까지만 쓰겠다.

아나운서의
인생

2022. 4. 19.

아나운서의 삶은 말하면서 사는 직업이다 보니 사람들이 아
나운서는 안정된 직업이라고 생각한다. 내가 생각하는 아나
운서의 이미지가 있다. 차분한 인상과 말투 예의 바른 이미지
가 있다. 나는 아나운서의 인생을 보면 많이 말하니까 그리고
뉴스를 진행하거나 프로그램을 진행하는 사회자면 방송국에
가서 진행을 해야 한다. 아나운서는 기자와 함께하는 사람. 나
에게는 앵커로 보이는 사람이 아나운서다.

아나운서가 되기 위해서는 아나운서 공채 시험을 봐야 한
다. 시험에서 합격하면 그때부터 아나운서의 삶이 시작되는
것이다. 나는 방송에서 아나운서 출신의 방송인들의 이야기
를 들어보면 힘들다고 이야기하신다. 그렇지만 본인이 좋아서
하는 것은 이길 수 없다. 아나운서가 꿈인 사람들도 있을 것

같다.

프리 선언을 해서 성공한 케이스는 전현무님이다. 그분이
처음 프리선언을 했을 때 처음 진행했던 프로그램은 JTBC에서
하는 〈히든싱어〉라는 프로그램을 진행했다. 요즘은 아나운서
들이 프리 선언을 하는 것도 흔해졌다.

아나운서의 삶은 말을 하는 직업이기 때문에 뉴스를 진행
하거나 시사 프로그램을 진행하는 MC로 방송인으로 전향하
는 사람으로서 생활한다. 나는 글을 쓰면서 직업의 애환을 알
고 있다.

여기서 끝내고 싶다.

네일아트의
유래

2022. 4. 21.

네일아트의 유래는 고대 중국과 이집트에서 시작된 것이다. 나는 네일아트를 좋아한다. 서양에서는 19세기에 네일아트가 등장했다. 손톱과 발톱에 칠하는 아트인 네일아트는 그 당시는 네일아트라는 말이 생기기도 전이었다.

네일아트를 해주는 사람은 네일아티스트라고 한다. 요즘은 네일숍을 가지 않고도 집에서 셀프로 네일아트를 할 수 있다. 일반 화장품가게에서 쉽게 구매할 수 있다. 지금은 네일아트가 대중화가 되어서 네일숍이 아주 많아졌다. 사람들이 네일아트를 하는 이유는 치장을 예쁘게 하고 싶어서다. 예쁜 네일아트는 나에게는 정말 행복을 주는 것이다. 네일아트가 좋다.

의사의
삶

2022. 4. 22.

나는 의사가 제일 고생스럽다는 생각이 든다. 생명을 다루는 직업이기 때문에 굉장히 잘해야 한다는 점이 있다. 의사는 의대를 졸업해야만 한다. 그래야 의사를 할 수 있다. 의사의 종류는 여러 가지이다. 외과, 마취과, 정형외과, 산부인과, 소아과, 소아외과, 정신과 등 다양한 분야가 있다.

나는 만약에 공부를 해서 의대를 졸업했다면 정신과 의사가 됐을 것 같다. 수술을 안 하기 때문에 안정적으로 이야기를 하고 정신과 약을 처방해주고 그 환자의 이야기를 들어줘야 하는 게 있다. 환자 이야기를 듣는 것은 모든 의사들이 해야 하고 이야기를 듣고 그에 맞는 진료를 해야 한다.

안과 의사도 있다. 안과 의사는 눈에 관련된 진료를 한다.

성형외과 의사도 있다. 말 그대로 얼굴을 고치는 병원이다.

의사는 헌신과 사명감이 없으면 못한다.

아이돌의
워너비
소녀시대

2022. 4. 23.

소녀시대는 SM엔터테인먼트의 걸그룹이다. 처음에 이수만 대표님이 여자버전 슈퍼주니어를 만들겠다고 해서 만든 걸그룹이 소녀시대다. 소녀시대는 20007년 '다시 만난 세계'로 데뷔한 그룹이다. 언니들은 히트곡이 많다. 다시 만난 세계를 1년 동안이나 연습했다고 한다. 그 노래 이후로 히트곡이 계속 나왔던 소녀시대 언니들은 데뷔한 지 15년이 된 지금도 단 한 번도 싸우지 않았다.

소녀시대 태연 언니가 〈유 퀴즈 온 더 블럭〉에 출연해서 한 말 중에 하나가 있다. "소녀시대는 저의 국가에요. 소녀시대를 더 자랑스럽게 생각하고 활동할게요"라고 했다. 언니들은 히트곡이 많다. 빨리 완전체 컴백을 해줬으면 하는 가수이다. 언니들은 아이돌의 워너비 선배 가수다. 다들 소녀시대처럼 되고 싶은가 보다. 아이돌은 인터뷰에서 롤모델이 누구냐고 기자분이 물어보면 소녀시대 선배님처럼 되고 싶어요라고 한다. 단단한 팀워크와 돈독한 우정까지 이게 많은 아이돌의 워너비 소녀시대 언니들의 장점이다.

소녀시대 화이팅! 기획사를 옮겨도 아직도 사이가 좋은 언니들! 행복하세요~ 응원할게요!
소녀시대 팬 일등!

〈시턴동물기〉를
읽고

2022. 5. 6.

동물은 보호색이 있는 것을 알았다. 영역을 표시하는 것을 알게 되었다. 발톱으로 영역표시를 하는 곰과 낯선 사람을 보면 짖는 강아지, 여우, 토끼까지 여러 동물이 있다. 동물 관련 책을 읽으면서 '많은 동물이 있구나. 동물도 인간처럼 집을 그리워하는구나'라고 느꼈다.

야생동물의 마음을 알았다. 짖으면 화가 난 것이고 기분이 좋으면 활보하며 돌아다닌다. 동물도 인간처럼 사랑을 한다. 바로 짝짓기 하는 기간에 각각 동물들의 구애가 시작된다. 사랑을 고백하는 것이다.

나의 추억의 책 계림 세계명작 시리즈 속 〈시턴동물기〉라는 책으로 동물에 대해 알게 되었다.

동물은 천적이 있다. 까마귀는 올빼미가 천적이다. 동물은 참 신기하다.

옷의 세계

2022. 5. 13.

옷은 많은 종류가 있고 부르는 이름도 있는데, 모르겠지만 옷의 종류는 바지, 치마, 정장, 캐주얼룩 등이 다 룩이라고 한다. 패션은 유행을 선도하는 것이다. 나는 외출할 때 옷을 입는다. 내가 느끼는 옷의 마음은 깨끗하게 입고 다니는 것이다.

옷의 세계는 다양하다. 지금 디자이너들이 더 아름다운 옷을 만들기 위하여 애쓰는 것을 보면 대단하다 싶고 옷은 아무나 만드는 것이 아니구나 싶다.

이번 글을 쓰는 나의 마음은 행복하다.

옷에 대해서 글을 쓰니까 니트도 옷이고 트렌치코트도 옷이다. 우리가 아주 일상적으로 입는 것이다.

글을 쓰는 게 너무 재미있다.

트렌치코트는 전쟁용 옷이었다고 한다. 영국에서 만들어졌
다. 이 옷이 나오기 전까지 영국 사람들은 고무 비옷을 입고
있었다고 한다. 그래서 트렌치코트는 전쟁용 옷이었다고 한다.

옷에 대한 글은 여기까지 쓰겠다.

화장품의
세계

2022. 5. 18.

화장품의 세계는 다양하다. 팩트, 립스틱, 눈썹 그리는 도구, 아이섀도까지 정말 많다. 화장을 하는 것은 꾸미는 것이다. 화장하는 내 마음은 항상 좋다. 여자라면 꾸미고 싶은 마음은 똑같으니까 나도 오랜만에 미용실에 간다고 해서 꾸몄다.

중세시대 서양에서 귀족들이 피곤해 보이려고 꼭 밤색 아이섀도를 발랐다는 것이다. 신기하다. 옛날에도 많이 꾸미고 싶어 했다. 사람들이 화장을 하는 것은 가꾸는 것이다. 나도 엄마처럼 가꾸고 싶어서 화장하는 것이다.

나는 화장도 종류가 있다고 생각한다. 일반 메이크업과 신부화장 그리고 특수분장이다. 일반 메이크업은 외출할 때 하는 것이고 신부화장은 결혼할 때 하는 화장이다. 특수분장은

행사에서 특수분장을 해야 하는 때에 하는 것이다. 특수분장
은 기괴하거나 무섭다. 놀이동산에서 퍼레이드를 할 때 특수
분장을 한 사진을 봤었다. 에버랜드 사진이었다.

여러 가지 화장하는 방법이 있다. 화장을 해주는 전문가를
메이크업 아티스트라고 한다.

그만 쓰고 싶다.

모르는 나라를
알아가는 것

2022. 5. 22.

나는 국가 관련 글을 쓰는 것을 좋아하는 것 같다. 새로운 나라 문화 알기를 즐긴다. 우리나라와 다른 문화권의 삶을 느껴본다.

우선 벨기에 문화부터 쓰겠다. 유럽은 동거가 일반적인 것이 특징이다. 우리나라는 동거가 불가능해서 꼭 결혼을 해야만 가족으로 인정되는데 벨기에는 동거가 가능하다. 나는 그 문화가 너무 신기하다. 나는 문화 알기를 좋아한다.

네팔은 신들과 함께 사는 나라이다. 그래서 동네에 사원이 많다. 손님도 신이라고 생각하는 네팔은 손님이 오면 집주인들은 밥을 안 먹고 손님을 먼저 챙긴다. 네팔 문화가 신기한 점 또 하나는 살아 있는 여신 쿠마리가 있다는 것이다. 네팔

부족 네왈족의 전통이다.

다른 나라 문화를 볼 때 나는 항상 신기하다는 생각이 든다. 문화 관련 또는 국가 관련 글을 쓸 때 호기심이 발동한다.

다음에는 이탈리아에 대해서 써야 한다. 다른 글도 열심히 써야지! 나는 요즘 모르는 나라에 대해서 알아가는 게 너무 좋다.

네팔은 식사할 때 말을 하면 안 된다. 밥도 신이기 때문에 말없이 먹는다. 살아 있는 여신 쿠마리 문화가 있다. 나는 잘 모르는 문화다. 반드시 생리 이전의 여자아이를 선발해야 한다. 한 번도 피를 흘리지 않아야 하고 머리가 길고 강한 담력을 가지고 있어야 한다. 울거나 소리를 지르면 안 된다. 쿠마리의 발은 신성하기 때문에 걸을 수 없다. 살아 있는 여신이 된 만큼 지켜야 할 규칙도 많다.

축제 이외에는 외출 금지 공부도 사원에서 해야 하는데 절대 말을 하면 안 된다. 네팔인들의 삶은 신과 함께하고 일상의 시작이 기도다.

앞으로 더 많이 모르는 나라를 알아가는 것을 내가 해야겠다. 더 많이 알고 싶다. 이탈리아 편도 기대된다.

다양하게
요리를
할 수 있는
감자

2022. 5. 29.

감자는 원래 남아메리카에서 생산되었는데 감자를 들여왔을 때는 유럽 사람들이 별로 좋아하지 않았다고 한다. 음침한 땅에서 자라니까 낯설었을 수도 있다. 그렇지만 나병에 걸린다고 감자를 못 먹게 하는 것은 아닌 것 같고 감자가 이런 소문이 있었다니 놀랍다.

감자는 정말 다양하게 요리를 할 수 있는 재료다. 구워도 되고 튀겨도 되고 샐러드로 만들어도 된다. 모든 요리가 가능하다. 감자는 18세기부터 유럽에서 주식으로 감자를 먹게 되었다. 아일랜드 사람들은 감자가 간식이 아니라 한 끼 식사였다는 것이다.

감자 싹에는 솔라닌이라는 독성분이 있다. 그것만 잘라내고 먹으면 되는데 그걸 그 당시 유럽은 몰랐다. 그래서 악마의 과일이라는 말도 안 되는 루머가 있었다. 감자 때문에 대기근까지 발생했었다. 아일랜드는 오직 감자에만 의존해왔다. 왜냐하면 영국에서 상품성이 떨어지는 감자는 남겨두고 좋은 감자는 다 수탈했기 때문이다. 프리드리히 2세가 군대까지 동원해서 감자 농사를 짓게 했다고 한다. 그래서 프랑스 전역에서 배고픔을 달랬다고 한다. 감자는 척박한 땅에서도 잘 자라는 작물이다.

다양한 요리가 가능한 작물 감자.
이번에는 전부 음식 재료에 관한 글을 쓰고 싶다.

음식의 간을
맞춰주는
소금

2022. 6. 13.

소금은 음식의 간을 맞춘다. 그렇지만 한국 음식은 장으로 만든다. 간장, 고추장, 된장이지만 양념의 기본은 소금이다. 다른 장으로도 양념을 할 수 있지만 소금이 간을 맞춘다. 나는 한국 요리는 양념들이 중요하다고 생각한다. 소금이 없으면 식탁은 완성이 되지 않는다.

나는 요리는 과학이라고 생각한다.

우리집은 고추장으로 양념을 많이 하고 맵지 않으면 안 된다. 요리는 손맛이 중요한 것 같다.

인도는 영국에게 식민통치를 당했을 때 영국에서 인도에게 소금세를 매겨서 인도 민족운동가 간디가 비폭력 저항운동을 했다. 인도에서는 소금이 중요한 양념인 것 같다. 식탁의 터줏대감이라고 할 수 있다. 요리는 양념들이 중요하다고 생각한다. 간이 맞아야 음식이 맛있게 된다는 건 다 알고 있는 사실이다.

나는 엄마의 요리가 너무 맛있다. 우리집은 대부분 다 엄마가 직접 만드는 음식이 많다. 물론 가끔씩 밀키트도 먹지만.

식탁의 오래된 터줏대감이 소금이다.

타지에
사는 것은

이번에 내가 쓸 글은 '타지에 사는 것은'이라는 글이다. 나는 외국에서 살아본 경험이 없지만 요즘 내가 생각해보면 타지에서 사는 것은 어려운 것이다. 외국인은 해외 유학, 어학연수 등으로 우리나라에 온다. 타지에서 사는 것은 어려운 것이다.

요즘은 우리나라에 사는 외국인이 많다. 전 세계 각국에서 오신 분들이 많다. 쉽게 예를 들자면 〈비정상회담〉에 나왔었던 외국인 패널들이 해당된다. 중국, 벨기에, 네팔, 이탈리아, 캐나다 등 너무 많다. 일단 5개국의 국가에서 한국으로 와서 거주하고 한국어를 쓰며 한국에서 살아가기 위해 한국어를 얼마나 열심히 배웠을까 생각이 들고 언어 차이도 있을 것이고 문화 차이도 있을 거라고 나는 생각한다. 각국마다 각기 문화가 다르고 언어가 다르다.

한국으로 오는 외국인은 한국의 K팝을 듣고 매력을 느껴서 오거나 한국 드라마를 보고 온다. 드라마를 통해서 한국어를 배우는 유학생들도 있다.

외국인 관광객 천만 시대. 앞으로 더 많이 사랑받는 우리나라가 되길 바란다. 좋은 나라 안전한 나라 살기 좋은 나라. 한국사람이어서 자랑스럽다.

문화가 공존하며 살아갔으면 좋겠다.

엄마의
취미생활

2022. 7. 26.

엄마는 공연을 너무 좋아해서 나를 많이 데리고 각종 전시회와 공연 관람을 했었다. 나는 엄마에게 고맙다. 엄마 덕분에 나는 많이 누리는 것을 알고 있다. 아빠는 이야기했다. 평론가 수준으로 공연을 본다고 했다. 엄마는 나에게 이야기했었다. 너 덕분에 공연을 싸게 본다고 이야기했다.

나는 문화생활을 많이 하는 엄마를 두어서 참 좋다. 너무 많이 끌고 다녀서 피곤하긴 하지만. 클래식에 꽂혀서 매달 나를 예술의전당 콘서트홀로 데리고 간다. 클래식이 아는 곡이 많으면 잘 듣는다. 나는 가끔 이게 정말 큰 복인가 생각한다. 무서운 것은 둘이 항상 공연을 보러 다녀서 사람들이 나를 안다. 내가 시그니처다.

내가 고등학교 때 성격검사를 하지 않았다. 졸업해서 했는데 예술형이 나왔다. 그동안 엄마를 따라 가서 본 공연과 전시회와 연극들이 생각났다. 공연을 다니면서 실제로 본 연예인들이 얼마나 많은지 세야 한다. 공연장도 동일하다.

이제는 포레스텔라 콘서트까지 가자는 엄마. 그런데 콘서트 티켓을 예매해야 갈 수 있는데~ 취미생활이 많은 우리 엄마.

반려동물
미용사의
삶

2022. 8. 4.

반려동물 미용사의 삶은 동물들의 스타일을 꾸며주는 전문가이다. 나는 이 직업을 알고 싶었다. 그래서 게임으로 이 직업을 알았다. 반려동물 미용사의 삶 또한 알고 싶어서 이 글을 썼다. 성격이 섬세해야 할 것 같다. 강아지를 꾸며주는 사람이기 때문에 차분하고 부드러운 사람이 해야 할 직업인 것 같다.

　나는 직업에 대해서 알고 싶은 게 많다. 나는 요즘 생각해 보면 정말 다양한 직업이 생기는 것 같다. 강아지와 고양이를 꾸며주는 사람이다. 내가 하는 게임에서 다른 직업도 알고 싶다. 더 많이 나는 알고 싶었다. 반려동물 미용사의 삶을 몰랐었다. 이어서 쓰는 것은 반려동물 미용사는 섬세해야 한다는 것이다.

　미용은 여러 가지가 있다. 메이크업할 때도 섬세해야 하지만 네일아트를 할 때도 섬세해야 할 것 같다. 손톱을 깎고 예쁜 컬러의 네일아트를 하면 기분이 좋아진다.

　내가 했던 게임은 그 직업이 무엇인지 알려준다. 우리집은 강아지를 키우지 않는다. 그 대신 해수어를 키운다. 관리는 아빠가 한다. 그런 것처럼 동물을 키우는 건 다양하다. 애완동물을 꾸며주는 사람이다.

　또 다른 쪽으로 생각해보면 동물과 교감한다는 것은 좋은 것 같다. 동물을 좋아하지 않지만 직업에 대해서 잘 알고 싶어서 이 글을 썼다.

　나는 다양한 책을 쓰는 작가가 되고 싶다.

신기한
향신료
후추

2022. 8. 13.

후추는 요리할 때 쓰는 향신료이다. 이 향신료 하나 때문에 전쟁까지 일어났던 것을 나는 알고 있다. 엄마에게 들은 말이었다. 이영숙 작가님의 〈식탁 위의 세계사〉에서 두 번째 향신료 후추를 언급하셨었다.

나의 지식창고인 책은 읽으면 너무 기분이 좋다.

후추에 대한 글을 쓰면서 느꼈다. 유럽의 무식함을. 유래에 대해서 알고 싶어 한다는 것을 나는 생각했다. 그 당시에는 유럽에 자극적인 향신료가 전혀 없었다는 것이다.

콜럼버스는 후추를 발견하러 신대륙으로 갔다. 신대륙에서 감자, 토마토, 고구마가 재배되었다. 콜럼버스는 아메리카 원

주민을 인디언이라고 불렀다. 평생 자기가 간 대륙이 인도라고 믿었다. 요리에 사용되는 후추. 아주 좋은 향신료라서 유럽에서 전쟁까지 일어났다고 나는 생각한다.

내가 쓰는 이번 글은 좋다.

포레스텔라의
매력

2022. 8. 16.

포레스텔라는 나와 엄마가 가장 좋아하는 크로스오버 그룹이다. 오빠들의 매력은 무엇이기에 우리 엄마가 좋아할까? 생각했다. 그런데 유튜브에서 〈불후의 명곡〉에서 보여준 다양한 공연은 너무 다채로웠다. 나에게 포레스텔라의 매력을 보여준 것 같다. 너무 멋있다. 진짜! 반했다.

　포레스텔라 오빠들은 4명이 다 잘한다. 깔끔한 고음의 강형호 오빠와 매력적인 저음의 고우림 오빠, 전략가 조민규 오빠, 잘생긴 배두훈 오빠까지 맴버 4명의 조화가 너무 좋다. 퍼포먼스가 훌륭한 그룹 포레스텔라의 무대는 너무 좋다. 하모니도 완벽하다.

　아빠도 인정한 팀이다. 포레스텔라는 무대가 볼 만하다고 아빠도 인정했다. 엄마랑 유튜브에서 포레스텔라를 찾아봤다. 영상이 정말 많았다. 그만큼 무대를 오빠들이 잘 꾸미는 게 느껴졌다. 노력을 하는 것이 보였다. 이제 와서 관심이 생긴 것이다. 엄마가 먼저 좋아했는데 자꾸만 생각이 난다. 우리 엄마는 포레스텔라 맴버 중에서 고우림 오빠가 가장 좋다고 했다. 살 떨리게 좋다고 했다. 매력적인 저음의 고우림 오빠는 잘생긴 외모까지 가지고 있다. 매력이 많은 그룹 포레스텔라 계속 승승장구했으면 좋겠다.

오늘 포레스텔라의 영상을 봤다. 엄마랑 둘이 기분이 너무 좋았다. 아름다운 하모니를 듣고 있으니 행복했다. 포레스텔라 화이팅! 앞으로 계속 좋아할 것이고 엄마와 같이 포레스텔라의 팬이 되고 싶다. 모든 장르를 찰떡같이 소화하는 팝페라 가수 포레스텔라 오빠들이다. 무엇이든지 도전하는 오빠들의 매력은 너무 많다. 〈불후의 명곡〉에서 보여준 다양한 공연은 너무 다채로웠다. 항상 기대하게 되는 팀이고 그 무대들이 실망한 적이 거의 없다.

우리 온 가족이 좋아하는 포레스텔라 앞으로 더 승승장구하길 바란다.

우리 가족이
행복한
이유

2022. 8. 28.

우리 가족은 네 식구 다 사이가 좋다. 장난꾸러기 아빠와 예술을 사랑하는 요리사 엄마와 몹시 사랑하지만 진상인 민수까지 우리집은 사이좋은 가족이다.

아빠가 나에게 매일 뒷목에 뽀뽀를 해대는데 아주 싫다. 제발 얼굴에다 했으면 좋겠다. 아빠 제발 뽀뽀는 얼굴에다 해~

엄마가 해주는 요리는 너무 맛있는 것이 많지만 세 가지가 제일 맛있다. 스파게티, 된장찌개, 김치찌개. 오늘 끓였다. 아빠는 엄마에게 요리를 너무 잘해서 본인이 살이 쪘다며 난리다. 그렇지만 엄마가 한 요리는 아주 맛있게 먹는 우리 아빠. 요리를 잘하는 엄마 때문에 우리는 밖에 나가서 먹는 음식이 없다. 밖에서 먹는 파스타는 집에서 해먹을 수 없는 파스타를 먹는 것이다.

민수는 우리집에서 왕이다. 나도 왕이다. 아빠도 왕이다. 엄마는 왕만 세 명을 모시고 산다.

그렇지만 우리는 각자 다 열심히 산다. 물리치료를 열심히 하고 공부도 하고 외국어 공부 열심히 하고 아빠는 열심히 일하고 민수는 열심히 대학생활을 한다. 민수가 제일 진상이다. 바라는 것도 많고 이것저것 요구하는 게 많다.

다 소중한 우리 가족 4식구 열심히 충분히 잘살고 있다. 부모님이 사이가 좋으니 나와 동생도 사이가 좋다. 부모님의 영향이 중요한 것 같다.

스튜어디스의
삶

2022. 9. 8.

스튜어디스의 삶은 비행기를 타고 전 세계를 돌아다니고 승객들을 상대하는 직업이다. 그리고 결코 편한 직업이 아니라고 나는 생각한다. 복장 체크를 하고 메이크업 체크도 하고 여러 체크를 하고 비행에 들어가서 승객들을 상대한다. 거기서 진상 손님이 있어도 화를 내지 않고 항상 웃는 얼굴로 일을 해야 한다. 그런데 항상 웃으면서 일을 한다는 게 쉽지 않다.

스튜어디스 타이쿤 게임에서 알게 된 스튜어디스는 업무보고도 해야 하고 컴플레인이 오면 알아서 일처리를 해야 한다. 이 직업은 체력과 센스가 굉장히 중요한 것 같다. 어떻게 서비스 하느냐에 따라 달라지는 것이다. 귀걸이와 네일아트도 하면 안 된다고 나는 고모에게 들었다. 참 규칙도 많다. 한편으로 보면 보수적인 것 같기도 하다. 스튜어디스가 되고 싶은 분들은 항공사 시험을 보고 면접에서 붙으면 된다.

게임을 통해 알게 된 직업 두 번째 스튜어디스. 그분들은 대단한 분들인 것 같다. 어떻게 하루 종일 서서 갤리에서 기내식을 준비하고 음료를 만들까 생각했다. 내가 알고 있는 직업 중 가장 대단한 직업이다.

가수들을
울리는
프로그램
〈히든싱어〉

2022. 9. 16.

〈히든싱어〉내가 가장 좋아하는 프로그램. 가장 좋아하는 프로그램 요즘 〈히든싱어〉를 시청하는데 내가 이 프로그램 전 시즌을 다 본 사람으로서 느끼는 것은 〈히든싱어〉는 팬미팅이라고 생각한다. 왜냐하면 가수들을 울리기 때문이다. 얼마나 많은 가수들을 울리는지 가수분들이 정말 많이 감동을 받으신다.

뛰어난 모창실력과 그 원조가수를 보겠다는 일념 하나로 〈히든싱어〉에 지원하는 사람들 그리고 그 가수의 노래를 하겠다고 열심히 연습하는 모창능력자들이 그 원조가수를 얼마나 좋아했는지 진심이 느껴진다.

케이윌 오빠는 〈히든싱어〉에서 자신의 팬이 오빠에게 '나의 신은 형님이었어요'라는 말에 오빠가 정말 펑펑 울었다. 백지영 님도 울고 모든 가수들이 울었다.

나는 그래서 이 방송이 감동도 있지만 재미가 있어서 이번 시즌까지 보지 않았나 싶다. 팬들과 함께하는 방송 〈히든싱어〉. 요즘은 송은이님에게 빠졌다. 어떻게 말을 그렇게 잘 하시는지 최고다. 역시 송은이님이다. 왜 〈히든싱어〉 안방마님으로 유명한지 알겠다. 거기에 전현무님의 깐족깐족 진행은 시청자에게는 재미를 주지만 직접 당하는 가수분들에게는 짜증나고 때려주고 싶고 얄미워 죽겠는 것이다.

그래도 가수들에게는 의미가 있는 인생 프로그램이다. 여기서 가수들이 느끼는 것은 내가 정말 가수하길 잘했다라고 느끼게 하는 것이다. 정말 재미있는 방송이다. 감동과 재미 두 마리 토끼를 잡는 것은 어려운 것이다. 가수들의 음악활동을 생각하게 하는 것이다. 정말 찐팬들이 나온다. 김민종 편을 몇 번이나 봤는지 거의 외우겠다 싶다. 너무 웃기고 찐팬들의 진한 팬심으로 가수를 감동시킨다. 앞으로 더 가수들에게 의미 있는 프로그램이 되기를 바란다.

〈히든싱어〉 남은 방송과 왕중왕전까지 화이팅!

생애
첫 클라이밍

2022. 9. 26.

나는 클라이밍을 해본 적이 없는데 우리 가족은 네 식구 다 경악을 금치 못했다. 긴장을 많이 하는 나는 5센티도 높다고 못 올라가고 손이 땀에 절었던 나인데 장족의 발전이었다. 정말 뿌듯했다. 나는 계속 발전하고 싶다. 어른 키만큼 내가 올라갔었다. 집에 와서 팔 근육통이 어마어마했다.

오늘도 갔는데 역시나 나는 긴장을 했다. 두 번 다 거꾸로 떨어지는 것이다. 오늘도 팔이 아프고 다리까지 아프다. 샤워하고 파스를 팔 다리에 붙이고 진통제까지 먹었다. 푹 잤다. 〈히든싱어〉를 봐야 아픔이 사라지는 나다. 어제는 3미터까지 올라갔다. 다음에도 도전해봐야겠다.

클라이밍은 원래 암벽을 타는 것이다. 새로운 도전을 시작했다. 계속 클라이밍을 하고 싶다. 언젠간 요령이 생긴다고 한다. 내가 즐거웠던 시간이었다. 주관 활동 센터는 나에게는 새로운 곳이다. 새 세상이 열렸다. 나의 요즘 낙은 센터에 가는 것이다. 나의 도전은 계속된다.

내가
좋아하는 스타
송은이

2022. 10. 3.

나는 송은이님을 좋아한다. 이번 〈히든싱어〉에서 재미있게 이야기하다가 발끈하면서 온몸으로 부정히면서 화내는 것이 너무 귀여워서 송은이님 화내는 부분만 계속 봤다. 나는 화내는 것을 너무 싫어하는데 연예인이 화를 장난으로 내는데 왜 귀여운 것일까? 나는 가장 좋아하는 개그맨 송은이님. 재미있고 유쾌한 송은이님을 봐야겠다. 이름만 이야기해도 좋은 사람 송은이님. 내 마음에 들었다. 나는 재미있는 사람을 좋아하는데 송은이님이 그렇게 좋다. 계속 보고 싶다.

〈히든싱어〉 3회를 다시 볼 수도 있겠다. 거기서 송은이님이 이야기하고 있는 장면이 나오고 송가인 편은 그 사람을 모창했었던 초등학생이 놀라워서 보는 거고 김민종 편은 송은이님의 재치 있는 말과 귀여운 분노를 보려고 하는 것이다. 왜 그 프로그램 안방마님으로 유명한지 알겠다. 나의 마음이다. 너

무 재미있기 때문이다. 진솔하고 잘 웃는 분인 것 같다. 송은
이님을 보고 힐링하고 있는 것 같다.

오늘 마지막 연휴니까 힐링하고 내일부터 열심히 살자 이
제! 딱 두 편이다.

생애
첫 수영을
하다

2022. 10. 12.

요즘 나는 주관 활동 센터에 다닌다. 너무 재미있다. 스포츠를 도전하는 나. 정말 센터 하나는 잘 갔다라는 생각이 든다. 나는 고등학교 때 수영을 한 번도 간 적이 없다. 해보니까 정말 재미있다. 힘을 빼고 하면 더 재미있다. 힘을 주면 가라앉는 것이다. 그 대신 칼로리 소모가 많은 운동이라 그런지 너무 힘들다. 그래도 재미있게 했다. 수영은 나는 계속 해보았는데 재미있다. 하고 나면 피곤한 게 단점이지만 재미있다. 몸에 힘을 주면 물에 가라앉는다. 수영을 해보니 힘들지만 너무 재미있었다. 체력단련에도 좋을 것 같다.

　오늘도 했다. 뻗었다. 힘들어서 고모 차에서 정신없이 잤다. 나의 행복으로 물들었던 추억을 지금 하고 있다. 너무 힘들지만 재미있는 수영이다. 어디서 이 경험을 하겠어라는 생각이 든다. 요즘 드는 생각이 든다. 수영을 해보니 힘들지만 너무 재

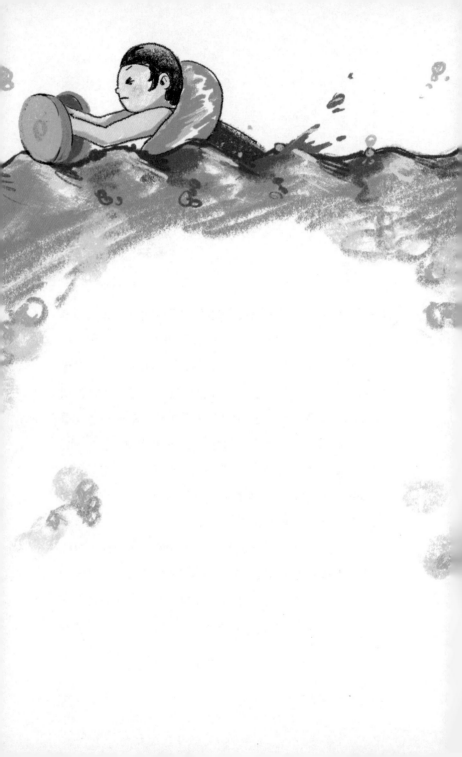

미있었다. 스포츠를 도전하는 나. 정말 센터 하나는 잘 갔다라는 생각이 든다.

즐거운 나의 생활이다.

케이윌
콘서트에
가다

2022. 10. 15.

이번에 케이윌 콘서트에 갔다. 너무 즐거웠다. 3년 만에 오빠 콘서트에 가서 기분이 좋았다. 오빠도 기분이 좋았을 것 같다. 그런데 오빠가 콘서트 연습을 너무 열심히 했는지 목이 너무 많이 쉬었다. 오랜만에 하는 콘서트라서 완벽한 무대를 보여주고 싶었을 텐데 공연을 망쳐서 속상한 오빠의 마음을 우리는 예상하고 있었다.

나는 오빠 노래를 다 알고 있다. 모르는 노래는 한두 개다. 우리의 가수 케이윌 오빠 목상태가 너무 안 좋아서 목을 쓰지 않았으면 좋겠다 했지만 짜여져 있어서 어쩔 수 없었다. 그래서 앵콜 앵콜을 외쳤었던 콘서트 현장이 기억난다. 목상태가 좋지 않아도 최선을 다하는 오빠의 모습은 이게 프로구나 이게 가수의 모습이구나를 느끼게 한다.

콘서트 끝나고 집에 와서 우리는 오빠가 팬들에게 많이 미안해할 것이고 잠도 못자고 펑펑 울 것이라고 일요일까지 이야기했었다. 너무 안쓰러웠기 때문이다. 얼마나 콘서트가 하고 싶었을까? 오빠가 팬들이 많이 보고 싶었겠다 생각이 들었다. 얼마나 기다렸을까? 나도 즐거웠다. 우리의 가수 케이윌 오빠 항상 응원하고 싶다. 사랑해요.♡♡♡♡♡♡

전국투어 콘서트 화이팅! 오래오래 노래를 듣고 싶다.

하이틴
스타란?

2022. 10. 22.

하이틴 스타란? 10대들이 좋아하는 스타라는 뜻이다. 요즘에는 방탄소년단이 하이틴 스타이고 90년대 우리 엄마 세대는 김민종이 하이틴 스타였다면 나는 지드래곤 오빠를 좋아했다. 심장이 떨릴 정도로 좋아했다. 잠도 못 잤다.

　오빠가 전시회를 한다고 해서 정말 설레서 엄마랑 갔는데 오빠가 직접 디자인한 은반지가 있었다. 그 반지를 엄마가 사줬었다. 너무 좋았다. 지드래곤 오빠를 많이 좋아했다.

　그리고 거미 언니와의 추억은 대구까지 가서 언니 콘서트를 관람을 했다. 정말 팬이었다. 학교 가기 전에 언니 노래를 듣고, 학교 다녀와서 기분이 나쁘거나 하면 엄마에게 〈보컬전쟁: 신의 목소리〉를 틀어달라고 했었다. 매일 그랬다. 언니에게 위로를 정말 많이 받았다. 불안장애가 있는 나는 지금도 언니의 노래를 듣는다. 나는 행복하다.

즐거운
춘천 여행

2022. 10. 29.

나는 이번에 엄마 독서모임 회원분들과 같이 화요일에 강원도 춘천 김유정 문학기행에 다녀왔다. 정말 재미있게 잘 다녀왔다. 아주 아름다운 추억 많이 생겼다. 맛있는 음식과 즐거운 이야기가 어우러진 여행이었다.

　나의 여행 기행문 첫 시작이다. 왠지 길게 쓰고 싶다. 나는 국내 여행을 가고 싶었는데 잘됐다고 생각했다. 내가 그동안 너무 해외 관광지만 알고 있었다. 강원도는 많이 가봤다. 오크밸리도 가고 행복한 추억이 많다. 나는 추억이 많은 아이라서 좋다.

　엄마 모임에서 놀러 간다고 해서 갔는데 집에 빨리 안 보내주셔서 놀랐다. 아름다운 풍경 맛있는 음식 즐거운 여행 그게 정말 좋은 것 같다. 9기 회장님이 내년에도 나에게 같이 문학

기행을 가자고 하셨다. 또 가고 싶다. 레일바이크도 탔다.

즐거운 추억이다.

내가
좋아하는 프로그램
〈불후의 명곡〉

2022. 11. 4.

나는 〈불후의 명곡〉을 너무 좋아해서 토요일 오후에 본방송이나 다시보기 앱으로 본다. 가수들이 무대를 준비하는 모습을 볼 수 있고 연습하는 것은 방송에서 보여주지 않지만 많이 연습한 느낌을 받는다. 가수들이 정말 고생하면서 좋은 공연을 위해 연습해서 무대를 선다.

나는 내가 좋아했던 가수 거미 언니의 이번 〈불후의 명곡〉 로맨틱 홀리데이 편이 정말 기대된다. 이제 거미 언니 볼 날을 기다리고 있다. 포레스텔라 오빠들이 페티김 선생님 편에 나온다고 했다. 포레스텔라에 처음으로 결혼한 오빠는 고우림 오빠다. 지금 막 결혼을 해서 엄청 좋을 것 같은데 오빠가 무슨 이야기를 할지 사람들은 아주 궁금해할 것이라고 나는 생각한다.

근데 이번에는 결방을 확정한 〈불후의 명곡〉. 아무래도 춤

추고 노래하는 프로그램이어서 그랬나 보다. 슬픈 일이 생겼으니 애도하는 건 당연하다. 열심히 준비했을 텐데 왠지 선곡도 다 바꾸고 진지하고 슬픈 노래만 부를 것 같다. 나중에 모든 것이 다 회복되고 다시 유쾌한 프로그램으로 돌아오길 바란다. 정말 행복할 때 웃으면서 보고 싶은 방송이 〈불후의 명곡〉. 앞으로 더 오래가는 프로그램이 되길 바란다. 10년이 넘은 방송이다. 가장 시청률이 더 높다.

패션
디자이너의
삶

2022. 11. 6.

패션 디자이너의 삶은 옷을 만드는 사람이다. 나만의 옷을 디자인하는 일이기 때문에 서비스직과는 다르다. 사람을 상대하는 것이다. 나는 패션 브랜드를 잘 모른다. 루이비통, 샤넬, 디올만 알고 있다. 패션 디자이너는 트렌드에 민감한 직업이기 때문에 트렌드의 변화에 대해서 잘 알고 있어야 한다.

　옷은 다양한 형태로 만들 수 있다. 재봉틀과 옷감을 사용해서 만들 수 있다. 스카프나 모자를 만들 때 바느질도 하고 신발도 만들 수 있다. 밑창은 운동화를 만들 때 만드는 거고 구두는 굽을 만든다. 샌들도 마찬가지다. 드레스를 만들 때는 드레스를 고르고 염색을 해서 만든 다음에 솔 같은 것을 가위로 잘라서 드레스에 씌운다. 그리고 장식도 덧붙인다. 구두는 굽을 만들고 색깔도 고르고 안전하게 하려고 망치질도 한다.

이렇게 여러 가지로 활용되는 디자인은 너무 많다. 디자인은 만드는 것이다. 놀라운 디자인의 세계다.

할머니 이야기

2022. 11. 10.

나의 할머니는 참 좋은 분이었다. 다정하셨던 할머니 평생 나에게 싫은 소리 한 번도 한 적이 없다. 우리 엄마에게는 좋은 시어머니셨던 나의 할머니. 참 나는 복이 많은 사람인 것 같다. 엄마가 뭘 해줘도 맛있다고 해주셨던 할머니. 포도를 굉장히 좋아하셨던 할머니. 그걸 내가 닮았다.

나의 친구 할머니 이야기를 나는 한번 써보고 싶었다. 너무 잘해주셨던 어른. 요즘 들어서 자꾸 생각난다. 할머니는 TV를 좋아하셨던 분이었다. 나에게 떡을 구워주셨던 기억이 있다. 잘 웃으셨던 할머니. 감사하다. 좋은 어른이 계셨어서. 할머니께서 꿈에 나왔으면 좋겠다.

할머니는 나를 데리고 사우나까지 갔었다. 목욕탕 경험은 그게 끝이다. 할머니와의 추억은 많다. 내가 나이 들어서 생각하는 할머니의 모습이다.

나도 따뜻한 사람이 되고 싶다. 나도 나중에 그런 어른이
되고 싶다. 할머니 잘 대해주셔서 고맙습니다. 나도 그런 다정
한 사람이 되고 싶다.

나의 친구였던 할머니 하늘나라에서 편히 쉬세요.

올림픽의 꽃
피겨스케이팅

2022. 11. 13.

피겨스케이팅 영상을 봤다. 김연아 선수는 완벽한 피겨 연기를 보여줬다. 피겨스케이팅 연기는 우아하고 기품 있는 연기이다. 그 연기를 보여준 선수가 김연아다. 김연아 선수는 10대부터 20대까지 피겨스케이팅 선수 생활을 했다. 갖은 전지훈련과 해외 훈련과 집에 있었던 시간이 없던 생활이지만 열심히 묵묵히 연습을 하였다. 피겨스케이팅이라는 종목 자체가 단독으로 하는 종목이다 보니 어렵고 오래 쉴 수가 없는 종목이다.

김연아 선수 영상을 보면서 이 선수 이전까지는 대한민국 피겨스케이팅은 불모지였다. 그런데 그 종목에서 김연아 선수는 완벽한 피겨스케이팅 실력과 우아한 연기를 보여주어서 금메달을 획득했다. 국민 피겨스케이팅 선수가 되었다. 국민 여왕의 탄생이었다. 그 힘든 훈련을 하고 연습을 게을리하지 않는 선수. 그런 선수들이 있기에 올림픽은 4년마다 열리는 것이다. 국가대표 발은 고생을 많이 한 사람의 발이다. 그런 것을 보면서 나는 더 열심히 살아야 한다라고 느꼈다. 운동도 열심히 해야 한다는 것이다.

　고맙습니다. 행복했어요.

　김연아 선수는 은퇴했지만 레전드는 영원하다. 앞으로 올림픽에서 해설위원으로 김연아 선수를 기대해본다.

내가
좋아했던 가수
거미

2022. 11. 20.

거미 나의 두 번째 가수였다. 중3 때 언니의 열혈 팬이었던 나는 아침에 언니 노래를 들으면서 학교에 가고 집에 올 때도 마찬가지였다. 중학교 때는 학교 생활이 너무 힘들었다. 매일 뭐라고 하는 선생님 때문에 굉장히 힘들어서 언니의 노래를 들으면서 행복을 느끼고 위로를 받았다. 나는 이 추억을 한번 이야기하고 싶었다. 언니가 얼마나 나에게 위로를 해준 가수인지 써보고 싶었다.

그렇게 열심히 좋아해놓고 이제는 버리겠다고 했나 생각이 든다. 얼마나 많이 위로를 받았는데 내가 너무했다. 다시 언니 영상을 찾아봐야겠다는 생각이 든다. 요즘 드는 생각이다. 나의 가수 거미 콘서트를 아주 재미있게 봤다. 언니의 노래 실력은 도가 지나치게 노래를 잘한다.

요즘 자꾸 부르게 되는 거미 언니 노래. 음이 너무 높지만 자꾸 부른다. 중3 때는 매일 불렀는데 지금도 가장 힘들 때 듣는 음악은 거미 언니 노래이다. 다시 좋아해봐야겠다.

오늘 언니가 〈불후의 명곡〉에서 노래하는 날이다. 너무 기대된다. 얼마나 잘할지. 언니 노래를 듣고 하루를 시작하고 언니 노래로 하루가 끝났었다. 화를 가라앉게 하는 목소리로 나를 위로해주었기 때문이다. 나의 은인이다.

우리 엄마의
김칫국

2022. 11. 24.

우리 엄마는 김칫국을 아주 잘 마신다. 정말 그중 제일 웃긴 김칫국은 민수한테 너는 절대 지드래곤이랑 결혼하지 말라고 하는 것이다. 너무 웃기다. 이걸 지금까지 우려먹고 있다. ㅎㅎㅎ 너무 웃기다. 케이윌이 우리집에 올 수 있다고 이야기하고 심지어 사촌 김칫국까지 마신 내 엄마 너무 재미있는 사람. 나에게는 무슨 김칫국을 마실까 궁금하다. ㅎㅎ

우리는 재미있게 지내는 가족이다. 행복한 것이다. 유쾌한 이야기. 엄마의 김칫국은 즐겁다. 나는 우리 가족이 좋다. 행복한 우리 가족. 엄마는 또 무슨 김칫국을 마실까 궁금하다. 아무래도 내가 책을 만들었을 때 김칫국을 마시지 않을까 싶다. 엄마는 재미있는 사람이다.

겨울 스포츠의 꽃
스피드스케이팅

2022. 12. 22.

스피드스케이팅은 동계 스포츠다. 그리고 무릎을 구부려서 하는 스포츠이기 때문에 굉장히 무릎의 압력이 강하게 가해진다. 스피드스케이팅 500미터 경기는 해설위원과 캐스터가 쉬지 않고 계속 이야기해야 하는 것이다. 그야말로 전쟁이다.

전 스피드스케이팅 선수 이상화 언니의 부담은 너무 셌을 것 같다. 워낙 잘 타는 선수였기 때문이다. 태릉선수촌 링크장에서 평생을 보낸 사람 이상화. 개인 종목이라 은퇴하기 전까지 태릉선수촌에서 살았다. 16살부터 30살까지. 거의 집이다. 지금은 이상화 언니가 아닌 김민선 선수가 대신하겠지? 그건 당연하다. 현역이니까.

그동안 나라를 빛내주셔서 고맙습니다.

영화 〈영웅〉을
보고 나서

2022. 12. 31.

〈영웅〉을 본 지 며칠 된 지금도 잔상이 계속 남는다. 유난히 일본 알레르기가 심한 우리 가족은 일본을 한 번도 간 적이 없다. 아빠는 어느 정도냐면 어디서 쪽발이 말을 쓰냐며 싫어한다. 그리고 엄마는 마치 일제강점기 시대를 살아온 사람처럼 싫어한다. 일본 만화도 못 보게 했다.

내가 고등학교 때 배웠던 언어가 식민지를 했던 나라의 말이라니 순간적으로 열이 받았다. 역사 시간에 역사를 배우면 일본이 이런 짓을 했다고 계속 배웠는데 이제 알았다. 다시는 일본 이야기하지 말아야지!

우리 가족은 애국자이다. 그 나라 만화를 안 보고 여행을 가지 않는 것은 잘하는 거다. 정말.

나의
연애 이야기

2023. 1. 6.

나는 15살에 첫 연애를 시작했다. 중학교 때 첫 설렘을 맛봤다. 뛰는 걸 잘했던 친구 김보섭. 그 친구에게 나는 반했다. 너무 잘 뛰었기 때문이다. 그때는 반했다.

휠체어를 탔던 친구인 요한이도 인정했다. 선생님들도. 사실 보섭이 앓이는 그때부터 시작이었다. 설렘이 가득했던 그때. 보섭이를 학교에서 처음 만났다. 처음부터 티는 내지 않으려고 했다. 보섭이 얼굴을 계속 쳐다봤다. 좋아해서 그런 거였는데 보섭이는 몰랐나 보다. 나의 첫사랑.

새로운 학교에 가서 새로운 선생님을 만났다. 근데 중학교는 뭔가 많이 달랐다. 선도부라는 게 있었다. 특이했다. 중학교는 선도부도 있구나 했다. 선도부를 지나면 주차장이 있었다. 그 사이에 교실이 있었다. 학교에서 처음 만난 선생님 이름은 정미애 선생님. 머리가 길고 키가 작고 굉장히 뚱뚱한 아주 권위적인 선생님이었다. 얼굴에 욕심은 가득 차 있는 선생님. 나를 돌보면서 안 좋은 소리는 다 했던 걸로 기억한다. 맨날 힘들다는 말만 하셨다. 스스로 하라는 말도 매일 듣고.

애들 하고 시간만 되면 선생님의 일장 설교가 시작되었다. 여러 가지 스토리가 길다. 그때는 너무 힘들었다. 무슨 직장생활도 아니고 아니 직장생활도 이렇게는 하지 않는다. 매일 뭐라고 하는 보조선생님 때문에 우리 개별반 스트레스 만땅이었다. 회사 사장님도 기획사 대표님도 이렇게는 안 한다. 학생 반찬을 뺏어 먹는 선생님이 어디 있나.

나는 그때 소공녀로 살았다. 선생님이 청소하라 하면 친구들과 다 같이 청소를 해야 했다. 너무 힘들었다. 오죽하면 빨리 졸업하고 싶었다. 민수가 오죽하면 언니는 정미애 선생님 트라우마 있다고 했을까. 유난히 체육 시간이 많았던 그때 나는 교복을 정말 칼같이 입고 갔는데 가보니 너무 체육 시간이 많았다. 중학교 때 체육복은 정말 나중에 입었다. 편식이 심한 보섭이에게 이건 안 먹냐 저건 안 먹냐 하면서 매일 싸웠다. 너무 깔끔한 분이어서 정말 깨끗이 청소해야 했다. 피곤했던 중학교 시절.

나는 2학년 선배가 되었다. 드디어 간섭쟁이 집착녀 이야기가 나온다. 이건 나의 속앓이 시작이다.

근데 막상 그만 쓰고 싶다.

극한 직업
주관 활동 센터
선생님

내가 요즘 주관 활동 센터를 다닌 지 5개월이 되었다. 근데 요즘 들어서 더 주관 활동 센터 선생님들의 노고가 나는 요즘 많이 느껴진다. 어디로 튈지 모르는 아이들을 돌보는 주관 활동 센터 선생님이 힘들어 보인다. 나는 정말 감사하며 살아야겠구나 싶다. 나도 안 되는 거 많다고 집에서 투덜대는데 거기서 느낀 건 나보다 더한 사람도 있구나 느낀다.

정말 내가 대화가 안 되었으면 엄마가 많이 힘들었겠구나 싶고 누워만 있었어도 힘들었을 것 같다. 나는 복이다. 행복하게 사는 것도 복이다. 폭력성이 없는 것도 복이고 소리를 지르지 않는 것도 복이다.

정말 가끔은 정말 극한 직업이라고 생각하고 있다. 역지사

지로 생각하면 너무 좋기도 하지만 너무 힘들다.

옷도 편한 것을 입고 가야 한다. 나도 다녀보니까 안 꾸미고 입던 옷 입고 가는 게 낫다라는 선생님들의 말이 이해가 간다.

올림픽의 꽃
리듬체조

2023. 1. 19.

이번에 새로 알게 된 스포츠 올림픽의 중요한 종목인 리듬체
조는 손연재 선수가 하던 종목이다. 곤봉으로 하는 스포츠 리
듬체조는 리본으로도 하고 여러 가지 도구를 이용해서 하는
스포츠이다. 일반인은 접하기 힘들어서 올림픽에서 볼 수 있
는 것이다. 도구를 이용해서 어떻게 몸선으로 표현하느냐가
중요하다. 그거로 가산점이 주어진다.

러시아에서 온 스포츠다. 그 종류는 피지컬이 굉장히 좋아
야 한다는 것을 깨달았다. 일반적으로도 많이 이야기하는데
스포츠계는 더할 것 같다. 요즘에 제대로 스포츠에 꽂혀서 매
일 스포츠에 관한 글을 쓰고 있다. ㅎㅎㅎㅎㅎ 너무 웃기고 좋
다. 정말.

18세기부터 유명했던 스포츠이다. 올림픽 전에 세계선수권
대회 월드컵을 해서 최상의 컨디션을 유지한다. 국가대표니까

1등을 해야 한다는 생각이 있었을 것 같다. 그 압박감과 부담감이 많이 있었겠다고 나는 생각한다. 은퇴하기 전까지 국민들에게 관심을 받으며 살았던 손연재 선수. 지금은 은퇴하고 다른 삶을 살고 있다. 그 압박감은 이루 말할 수 없다. 잘하는 선수에게만 따라 다니는 1등을 꼭 해야 한다는 강박관념을 갖고 있었을 것 같다. 각기 다른 종목이지만 마음은 똑같으니까.

그동안 수고했어요. 고맙습니다.

기후변화
위기

2023. 1. 22.

요즘은 기후변화가 많이 다가오고 있다고 느낀다. 날씨가 점점 뒤바뀌고 있다는 것이다. 제트기류가 진짜 말을 듣지 않나 보다. 환경에 대한 글을 한 번 더 쓰고 싶었다.

우리 엄마는 환경에 되게 많이 신경 쓴다. 물건을 아껴야 한다고 정말 12번도 더 이야기하고 소에서 매탄가스가 많이 나온다며 열변을 토한다.

그런데 환경을 그렇게 많이 생각한다면 고기를 먹지 않고 채식을 해야 하는데 사람들은 그게 잘 되지 않는다. 나중에는 친환경 차인 전기차로 바뀌고 수소차도 나온다는데 아직은 아닌 것 같다. 상용화가 되어야 한다. 언제쯤 환경이 바뀔까? 살아 있는 공룡인 새가 살 수 있을까? 지금 환경으로 2050년에 지구가 망한다는데 이대로 괜찮을까? 고기를 계속 먹고 플라스틱을 계속 쓰면 더 안 좋아질 것 같은데 기후변화를 막기 위해서 전 세계인들이 같이 잘 해결하는 시대가 왔으면 좋겠다.

나에게
올인하지 않는
엄마

2023. 1. 24.

우리 엄마는 나에게 올인하지 않는 엄마이다. 나에게만 그런 게 아니라 동생에게도 그런 엄마다. 동생이 무용을 그만둘 때 엄마가 했던 말이 나는 너무 기억난다. 김연아 선수처럼 만들고 싶지 않다고 접고 싶으면 접으라고 했었다. 나한테도 그렇다. 엄마가 만약에 나한테 올인했다면 동생은 나를 좋아하지 않았을 것이고 아빠는 왜 나는 챙겨주지 않냐며 난리가 났을 텐데 엄마는 그러지 않아서 좋다.

나한테는 엄마는 절대 이상한 사람이 아닌데 장애인 단체만 가면 정말 이상한 사람 취급을 받았었다. 사람들이 엄마에게 했던 말이 있다. 왜 아이 대학을 보내지 않느냐고 엄마에게 사람들이 말했다. 민아는 연세대학교도 갈 수 있다고 했나 보다. 엄마는 나에게 이야기했었다. 너가 가기 싫으면 안 가도 된다고 했다. 그래서 나는 엄마에게 물어봤다. 여자 전현무 될 수 있냐고 그랬더니 안 된다고 했다.

그리고 왜 취업을 안 시키냐며 뭐라고 했나 보다. 엄마는 나에게 장애인 직장은 기간이 짧다고 했었다. 사회적 기업은 진짜 의미가 없다고 엄마는 항상 이야기했다. 엄마도 내 취업에 대해서 내려놓았다. 나도 직업에 대한 집착을 내려놓았다. 때가 되면 직업이 생기겠지 하고 있다.

엄마는 나에게 많은 것을 누리게 해준다. 다른 아이들보다 많이 누려서 더 내가 열심히 살려고 한다. 정말.

많은 체력을
요구하는
스포츠 축구

2023. 1. 28.

축구는 원래 영국에서 온 스포츠다. 쉬는 시간 없이 계속 뛰다 보니 체력이 굉장히 좋아야 하는 스포츠다. 그래서 그런지 이거는 웨이트트레이닝도 세다. 힘들어 보인다. 나는 새 발의 때다. 더 열심히 운동해야겠다.

손흥민 선수는 완벽한 축구를 하신다. 오랜 경기에도 지치지 않는 체력을 가지고 있다. 거기에 겸손하게 임하시는 그 마음이 나는 이번 월드컵에서 보였다. 이번 월드컵은 솔직히 아빠가 생중계를 해서 안 볼 수가 없었다. 매일 밤마다. 손흥민 선수가 경기하는 시간에 맞춰서 축구를 봤던 우리 가족.

월드컵 전까지 컨디션을 유지하기 위해서 했던 국가대표들의 운동량은 일반인은 비교할 수 없을 만큼 힘들다. 그리고 잘하는 선수는 겸손하기 쉽지 않은데 손흥민 선수는 그렇지 않다. 전 국민이 응원했던 이번 월드컵. 손에 땀을 쥐고 온 가족이 봤었던 경기.

수고하셨습니다. 국민에게 행복을 주어서 고맙습니다.

아직 은퇴하지 않은 현역이라서 더 사람들의 기대가 더 큰
것 같다. 앞으로도 좋은 활약을 보여주시길 바란다.

나의
연애 이야기
2

2023. 2. 2.

나의 연애 이야기 두 번째. 이번 편은 뮤지컬 대본 같은 내 학교생활이다. 집착하는 후배 때문에 시작된 뮤지컬 대본 같은 내 학교생활이 시작된다. 학교에서 2학년 선배가 되어 나는 처음으로 후배들을 맞았다. 집착녀 후배와 간섭쟁이 후배 때문에 이때부터 뮤지컬 대본 같은 이야기가 시작되었다.

내가 진짜 보섭이 여자친구인데 여자친구가 아닌 아이가 더 집착을 해서 나는 너무 피곤했다. 과도하게 보섭이를 쳐다보지 말라는 둥 선배가 울어서 기분이 너무 안 좋다는 둥 온갖 오버는 다 했다. 나의 그대라고까지 이야기했다. 오버하기는 그렇게 오버하고 들이대면 안 되는데 그 아이는 몰랐나 보다. 보섭이는 얼굴도 평범하게 생겼는데 훈남이라며 난리쳤던 아이 강경민. 나는 그 아이 때문에 굉장히 힘들어서 스트레스를 받았지만 보섭이 때문에 행복하게 보냈다. 좋은 6년지기 친구

다. 보섭이와 보낸 시간 행복했다. 아련한 추억이다. 나의 첫 연애가 좋았다. 보섭이가 나에게만 자기 가족사를 이야기했다. 우리집 호구조사까지 ㅋㅋㅋ 내말을 듣고 금수저라 했다. 그리고 하이라이트는 시집 못 간다는 소리. 아니 결혼 못 한다도 아니고. ㅋㅋㅋㅋ 웃기다.

나의 연애 이야기. 추억이다. 다음 이야기 3편에서.

그놈의
과잉보호

2023. 2. 7.

요즘은 듣지 않지만 예전에는 정말 많이 들었던 말 과잉보호.
얼마나 많이 들었는지 지겹다. 다. 내가 뭘 잘하지 못하면 다
엄마 탓이었다. 식판을 못 들어도 쌈을 혼자 못 싸먹어도 과잉
보호였던 것이다. 커피 수업을 했을 때도 어김없이 이 말을 들
었다. 앞치마를 못 갠다고 색종이 연습을 해오라고 하셨다.

특수교사 선생님들이 원하는 건 내가 볼 때는 올인하는 엄
마를 원했던 것 같다. 진짜 겉만 보고 판단했다. 결국엔 내가
말을 잘해서 그런 것 같다. 나의 이야기다. 많이 오해받고 그랬
다. 요즘은 안 들어서 너무 좋다.

나는 많이 억울한 사람이다. 나에게 지겨운 말이 뭐냐고 누
가 물어본다면 바로 과잉보호라고 이야기할 수 있다. 정말 2시
간 떠들 수 있는 나의 풀스토리이다. 정말 지겹다.

엄마가 나를 많이 보호하면서 키워야 해서 민수를 좀 강하게 키웠다. 무용을 할 때 레슨 장소가 문래동이었는데 거기를 민수에게 혼자 가라고 했다.

민수는 너무 엄마가 나를 막 키웠다고 하는데 나는 엄마가 너무 보호한다고 했다. 그건 아니다.

겉만 보고 판단하지 않았으면 좋겠다. 겉만 보면 비장애인 같아 보여도 다 도움이 필요한 아이라고 하고 싶었고 도와달라는 말도 잘 못했다. 요즘에 좀 늘은 거다. 정말 주관 활동 센터 선생님들에게 감사하다.

〈소공녀〉를
읽고

2023. 2. 12.

〈소공녀〉라는 책을 한참 전에 읽었었는데 재미있게 읽었지만 감정 소모를 너무 많이 해서 두 번 읽고 싶지 않다. 왜냐하면 나의 트라우마를 자꾸 끄집어내서 좀 안 좋은 것 같다. 나의 중학교 때 이야기를 책으로 써놓은 느낌이다.

세라는 아빠가 인도에서 사업하다가 다른 학교를 가게 되면서 아빠랑 헤어지고 나서 새로운 학교에 갔다. 새로운 학교에 가서 고생한 것처럼 나도 초등학교 때 공주처럼 지내다가 중학교에 가서 고생을 하면서 느낀 것은 이런 선생님도 있구나 느꼈다. 정말 못되고 권위적인 사람도 있구나 느낀 것이다. 늘 좋은 선생님만 있는 게 아니구나 느꼈다. 15살부터 나는 새 학교에 적응했는데 선생님이 소공녀에 나오는 민친 선생님과 너무 똑같다. 차가운 말투와 머리가 길고 뚱뚱한 그리고 욕심이 가득 찬 얼굴이었다. 그분이 하는 말이 너무 무섭고 기분이 나빴다. 완벽한 소공녀로 산 나는 중학교를 빨리 졸업하고 싶었다. 너무 힘들었다.

그렇지만 참고 견디었다. 좋은 일이 생길 거라고 생각하면서. 나는 음악 수업을 너무 좋아하는데 선생님이 영어 수업이라고 너무 빡빡 우겨서 하는 수없이 갔는데 그게 다른 친구 수업이었다. 정말 싫었다. 아멜리아 선생님이 유대열 선생님으로 보이고 정미애 선생님이 〈소공녀〉에 나오는 민친 교장선생님처럼 보였다. 그래도 나는 계속 참았다. 나중에 좋은 일이 생길 거라고 집에 와서 울고 치료실에서도 펑펑 울었다.

얼마나 내가 힘들어했으면 엄마가 교장실까지 찾아갔을까? 라는 생각이 들었다. 나의 트라우마. 오죽하면 중학교 졸업앨범을 지금은 안 보는 정도다. 그것만 보면 우울해져서 생각하기도 싫다.

하지만 그런 때가 있었기 때문에 지금이 행복한 것 같다.

끝이다.

드라마 같은
예능프로그램
〈미운 우리 새끼〉

2023. 2. 20.

〈미운 우리 새끼〉는 예능프로그램이지만 약간 드라마적인 요소가 들어가 있다. 이야기가 있어서 그런 것이다. 철없는 아들들의 영상을 보면서 자식을 알게 되는 프로그램이다. 신동엽 씨의 재치 있는 진행과 서장훈님의 명콤비는 너무 좋다. 어머니들 놀리기 선수이신 두 분의 콤비가 너무 재미있다. 어머니들의 연애 스토리가 왜 그렇게 궁금한 것인지 모르겠지만 듣고 싶은 것 같다. 결혼을 할 나이가 찼는데 결혼을 하지 않고 혼자 살면서 하는 행동이 철없어서 어머니들이 속상한 것이다.

정말 어머니는 대단하구나를 예능프로그램을 보면서 느낀다. 참 많은 고생을 해가면서 자식을 키운다는 것이다. 우리 엄마도 날 키울 때 많은 걸 느끼면서 키웠겠구나 싶었다. 감동이 있고 정말 유쾌하고 재미있고 행복한 것 같다. 어른들의 마음을 알 수 있는 프로그램이다. 사람은 다 커도 부모님 입장에서는 아기구나 느꼈다. 정말 많이 사랑이 느껴진다. 엄마 눈에는 자식은 아직도 아기구나 느꼈다.

세대가 함께 공감하는 시대가 된 것이다. 어른들의 시대를 모르는 요즘 사람들과 요즘 세대를 잘 모르는 어르신들의 마음을 보는 프로그램이다. 고령화 사회인 요즘은 어르신들은 많아지고 젊은 세대는 갈수록 혼자 사는 사람이 많다. 점점 결혼을 하지 않는 시대가 되었다. 항상 자식 걱정을 하는 부모님의 마음은 똑같다.

참 따뜻한 방송 〈미운 우리 새끼〉.

항상 부모님을 생각하는 요즘 시대가 되었으면 좋겠다.

나의
고등학교
시절

2023. 3. 1.

나의 고등학교 시절은 중학교 때와 너무 달랐다. 선생님도 성격이 너무 달랐고 학교 교실도 너무 밝아서 좋았다. 무엇보다도 친했던 친구와 같이 학교에 가서 기분이 좋았다. 나는 완벽한 백설공주로 3년을 보냈다. 보섭이와 함께여서 더 행복했다. 흡사 신혼생활처럼 보냈다.

유일하게 아는 친구였던 보섭이와 나도 선배가 되던 그때 정말 놀랐다. 집착녀 후배가 명지고등학교에 쫓아오는 것은 나는 생각도 못했다. 내가 경민이의 특성을 알고 있어서 데면데면했던 것 같다. 보섭이에 대한 어마어마한 집착이 기다리고 있었다.

우리 엄마는 이미 예상을 하고 있었다고 한다. 경민이가 명지고등학교에 올 거라고. 고등학교 2학년 때 내 학교생활이 레전드를 찍었다. 그때 학교에서 뮤지컬도 만들어보고 학습도움실에서도 뮤지컬 대본 같은 이야기가 시작되었다.

후배들을 맞이했다. 기억은 나지 않지만 강경민은 기억난다. 나에게 너무 강렬했나 보다.

고등학교 2학년 때는 너무 즐거웠다. 보섭이가 앙탈부리지 말라고 해서 애교도 안 부리고 화날까 봐 매일 달래주고 가만히 있었다. 친구들과 나에게만 여러 가지 대화를 했다. 심지어 교통사고 난 것까지 나에게 이야기했었다. 그러면 나는 쉬어야 한다고 했다.

여러 가지 스토리가 길다. 그때는 너무 좋았던 기억밖에는 없다. 정말이다.

나는 정말 복이 많은 사람인 것 같다. 중학교 때 워낙 힘들었어서 그런 것 같다. 참 추억도 많다. 중학교 때 못 한 체험들을 내가 가장 좋아하는 아이와 선생님과 함께하는 순간 행복했다.

너무 행복했다. 나의 행복한 시간이었다.

주관 활동 센터에서의 일상

2023. 3. 9.

나는 요즘 주관 활동 센터 보조선생님으로 살고 있다. 매일 듣는 소리가 '문닫아'와 '졸업'이다. 나의 제2의 학교 또는 직장 같은 곳이다. 거의 요즘에 센터 이야기밖에 안 하는 것 같다. 내 생활이니까.

5개월을 다녔는데 너무 재미있다. 갈수록 이용자분들이 많아지고 있어서 선생님도 많다. 같은 말을 반복하면서 돌아다니거나 소리를 지르거나 종이를 찢는 분들도 있고 다양한 분들이 있다. 센터 선생님들이 새로운 선생님들이 오시면 다 나에게 대화를 토스한다. 그러면 나는 이용자분들에 대해서 설명을 해준다. 평생 센터를 다니고 싶다. 나는 보조선생님으로 살고 있다. 나도 친한 언니가 생겼다. 유일하게 대화가 되는 언니라서 더 친해졌다.

평생 다닐 센터니까 여러 가지 도전을 하게 했다. 모든 선생님들이 너무 잘해주시고 내가 다른 삶을 살게 되었던 경험이다. 엄마 말처럼 계속 다니려면 띄엄띄엄 다녀야 한다고 했다. 나는 집에서 배달음식을 시켜 먹어본 적이 없다. 시켜 먹었던 거라곤 짜장면 아니면 짬뽕이었다. 배달 음식의 신세계를 봤다. 지금은 그냥 그렇다. 지금은 도시락만 시켜먹는다.

김소영 언니의 전화번호를 저장했다. 그래도 친한 사람이 있어서 다행이다. 대화를 할 수 있는 사람이어서. 이게 나의 일상이다. 그래서 즐겁게 다니고 싶다. 아무리 생긱해도 너무 잘 갔던 것 같다. 하나님이 준비해둔 곳이 주관 활동 센터였던 것 같다. 거기서 다양한 활동을 하고 한 번도 가지 않았던 클라이밍, 수영 등 역동적인 운동을 해서 체력이 아주 좋아졌다. 너무 좋다. 정말 감사하다.

나의
공부량

나는 공부를 너무 좋아해서 이제는 안 하면 허전하다. 정말 공부를 안 하면 허전하다. 나는 공부를 하면 행복하다. 다양한 공부를 해서 많은 것을 알게 되면 기분이 좋다. 나는 민수와 너무 다르다. 아직도 이렇게 학구적이다. 외국어 공부도 열심히 하고 있는 나다. 오늘도 공부를 시작했다. 한자 공부도 했다. 우리나라 말은 다 한자로 되어 있으니까 그건 중요하니까. 큐티도 했다. 나는 교회 다니는 사람이니까 성경도 읽었다.

독서도 해야 한다. 나는 작가가 될 것이니까 다양한 책을 봐야 한다. 이탈리아어는 매력을 느껴서 시작했다. 요즘 방영하는 〈팬텀싱어 4〉를 보기 위해서 이탈리아어를 배우기 시작한다. 태국어 공부는 일본어 대신에, 러시아어 공부는 하고 싶어서 하는 것이다. 이번에 새로운 책이 와서 한자 공부를 시작했다. 매번 새로운 글자를 알아가는 게 즐겁다.

나는 공부가 좋다. 오늘도 집에 와서 책을 한참 읽었다. 〈삼총사〉. 어릴 때 읽었던 책을 다시 읽고 있다. 이게 나의 공부량이다. 공부를 좋아하는 나다.

제대로
뒷북을 친 가수
포레스텔라

2023. 4. 10.

포레스텔라 내가 요즘 가장 많이 이야기하는 가수. 정말 좋아하는 포레스텔라. 제대로 뒷북을 쳤다. 완전 빠졌다. 오빠들이 나는 너무 좋다. 4명의 조화가 너무 좋아서 팀워크도 아주 좋은 팀 포레스텔라. 매력도 너무 많은 가수인 것 같다. 우리 온 가족이 왜 좋아하는지 알았다. 각자 포지션이 있다. 나에게 포레스텔라는 매력이 가득한 가수이다. 나중에 더 좋아하게 될 것 같다.

정말 팝페라를 잘 모르던 나도 오빠들의 음악을 듣고 있다. 요즘 내가 포레스텔라 이야기를 하는 거 보니 많이 그립나 보다. 정말 내가 많이 좋아하나 보다 느꼈다. 지금까지 내가 가장 좋아하는 연예인 중에 팝페라 가수는 처음이다.

어제 포레스텔라 오빠들의 영상을 봤는데 역시나 너무 잘
한다. 그래서 우리 가족이 좋아하는 그룹인 것 같다. 노력을
많이 하고 연습을 정말 많이 한다. 포레스텔라 오빠들은 노래
를 잘하고 매력이 많아서 오래가는 거 아닌가 싶다. 나는 정말
많은 가수들을 좋아했지만 포레스텔라 오빠들은 너무 좋다.
4명의 조화가 좋다. 연습을 한 번도 쉬지 않는 포레스텔라 오
빠들은 매번 완벽한 무대를 보여줘서 제대로 귀호강이 된다.

이탈리아어
배우기를
시작하며

2023. 4. 21.

나는 요즘 외국어를 제대로 공부하고 있다. 그게 이탈리아어다. 나는 이 언어가 첫 외국어 공부다. 언어가 달라서 새로운 것도 있다. 형용사가 많은 언어 이탈리아어 배우기. 발음 공부부터 시작해서 지금은 문장을 들어가고 있다. 열심히 공부해서 이탈리아어 프리토킹을 할 수 있을까? 나는 생각한다.

나는 언어를 배우는 것을 좋아한다. 나는 공부하는 것이 재미있다. 다른 나라 언어를 공부하는 것은 즐거운 것 같다. 나의 행복이다. 정말 공부를 좋아하는 것 같다. 영어나 다른 언어도 이렇게 재미있게 공부하고 싶다. 우리나라와 멀리 떨어진 유럽 대륙에 있는 나라의 언어를 첫 외국어로 선택한 나. 낯설지 않다. 이탈리아를 가보기도 해서 익숙한 느낌이 든다. 발음은 쉽지만 형용사와 과거형이 많지만 나는 그거까지 감수하며

배우고 싶다. 이탈리아어를 배우면서 글자가 다른 언어도 있
구나 느꼈다.

언어의 탄생도 다양한 것 같다. 이탈리아어의 탄생은 라틴
어에서 시작이 되었다. 피렌체의 귀족들이 썼던 피렌체어가 지
금의 이탈리아어가 되었다. 요즘 들어서 이탈리아어를 이렇게
열심히 배우고 있는 나를 보면 뿌듯하다. 유창하게 하는 그날
까지 열심히 해야겠다는 생각이 든다. 정말 너무 재미있다.

〈벌거벗은 세계사〉를
보며

2023. 4. 29.

세계사를 워낙 좋아하는 나는 요즘 이 프로그램을 통해 다른 나라의 역사를 공부하면서 느낀 것은 특히 미국사와 영국사를 많이 했다는 것이다. 세계사에서 거의 한 번도 안 빠지는 나라이다. 식민지가 많은 나라여서 그런 거 같다. 요즘에는 엄마에게 유식하다는 말을 듣는다. 정말 많이. 세계사도 이렇게 아픈 역사가 많았구나 느꼈다. 서양사는 2차 세계대전이 역사의 기본이다. 세계사가 나는 너무 좋다.

92회까지 봤다. 너무 유익한 프로그램이어서 오래오래 방송했으면 좋겠다. 패널들의 케미도 너무 좋고 여행 메이트의 조합도 좋다. 그래서 나는 그 패널 분들의 역사를 공부하려는 마음이 너무 좋다. 이번에는 세계 최고 부자 빈살만에 대해서 강의한다. 너무 재미있겠다 하면서 봤다.

점점 기대된다. 내가 점점 유식해지고 있다는 것을 느낀다.

세계사를 알게 되어서 기분이 좋다. 세계사를 너무 좋아하는 나는 행복하다. 서양사를 아는 것은 한국사와 같이 알아야 한다. 다른 나라 역사를 심도 있고 깊게 공부할 수 있어서 좋다.

다양하게 역사를 공부할 수 있어서 좋았다. 불멸의 천재 모차르트도 했다. 3살부터 피아노를 연주하고 있었다고 한다. 위인들의 이야기를 강의한다. 이제 2회 남았다. 나는 역사를 참 좋아하는 것 같다. 다양한 주제를 다루었다.

중국사도 많이 다루었다. 중국 최초의 여황제시대도 강의했다. 너무 흥미로웠다. 그렇게 권력욕이 많은 사람인 줄 몰랐다. 이 방송을 통해 세계사를 공감할 수 있어서 좋았다. 참유식해지는 것 같다. 프랑스에 대해서도 많이 했다. 세계사를 알게 되어서 기분이 좋다. 너무 좋은 방송. 학구적인 프로그램. 공부를 너무 좋아해서 보는 프로그램도 학구적인 것으로 본다.

나의 지식 창고는 점점 채워진다. ㅎㅎㅎ
너무 재미있다.

제주도
여행

2023. 5. 10.

이번에 우리 가족은 제주도 여행을 다녀왔다. 온 가족이 다 같이 여행 갔던 게 처음이다. 아빠도 함께한 여행이었다. 엄마가 비행기 티켓을 잘못 끊었지만 그래도 정말 즐겁게 다녀왔는데 나는 재미있지 않았다.

제주도가 너무 낯설었다. 바닷가가 많았고 오름도 있었다. 오름은 저길 어떻게 올라가나 했는데 결국엔 끝까지 올라갔다 왔다. 바람이 어마어마하게 불었다.

첫날은 고기를 먹었다. 맛있는 흑돼지. 그렇게 맛있는 고기는 처음 먹어봤다. 여행지에서 먹었던 첫 음식이라 더 맛있었다. 함덕 해수욕장도 다녀왔다. 아주 아름다운 추억이다. 동남아도 갈 필요 없는 바다였다. 너무 예뻤다. 바다는 무서워하는데 보는 것은 좋다. 천백고지 한라산 길도 봤다. 너무 숲길이 좋았다. 추사관은 그냥 그랬다.

둘째 날 저녁에 먹은 식당은 거의 식폭행을 당했나 싶을 정
도로 음식의 양이 엄청 많았다. 배가 너무 찢어지게 불렀다.

서대문형무소를
다녀와서

2023. 5. 18.

나는 서대문형무소에 유독 가고 싶어 했다. 방송에서 많이 나오고 나는 가보지 않았었으니까. 그곳을 가보고 일본인의 잔인함에 놀랐다. 잔혹하게 괴롭힌 것이다. 일제강점기 시대의 현장을 식민 지배의 현장을 아주 뼈저리게 느끼고 왔다. 일제강점기는 가장 암울한 시대이다. 각종 고문과 각종 악행들이 이루어지던 곳 서대문형무소는 사라지지 않고 계속 있어야 한다고 생각한다. 우리 역사의 근현대사를 알려주는 곳 같기도 하다.

역사를 교육하는 것과 안 하는 것은 다르다. 역사를 아는 것과 모르는 것은 다른 것이다. 서대문형무소에 유독 가고 싶어 했다. 그곳을 가서 많은 것을 느끼고 왔다. 우리의 역사를 기억하기 위해서 그곳이 있어야 한다.

나의 마음은 행복하다. 가고 싶은 곳을 다녀왔으니 말이다. 정말 특별한 경험이다. 좋은 경험을 했다고 생각한다. 두 번째는 너무 재미있게 다녀왔지만 마음이 너무 아팠다.

〈팬텀싱어〉
시청 중인 나

2023. 5. 28.

나는 생각했다. 음악을 너무 좋아해서 매일 〈팬텀싱어 4〉를 열심히 생각하고 있나 보다. 너무 기대된다. 얼마나 사력을 다해서 무대를 꾸밀지. 행복한 기대에 차 있는 나다. 엄마와 함께 기대에 차 있다. 다양한 음악이 공존하고 그리고 유독 이탈리아어로 된 노래를 많이 부른다는 것. 그리고 대부분 다 좋은 노래를 부른다.

옛날에도 나는 노래를 좀 좋아했는데 〈팬텀싱어 4〉를 열심히 보면서 성악을 듣기 시작했다. 성악도 이렇게 아름다울 수 있구나 느끼고 음악의 다양함을 느꼈다. 노래는 예술이다. 아름다운 하모니로 노래를 들려주는데 얼마나 많이 연습했는지 연습량이 보인다. 노래를 잘하고 퍼포먼스가 훌륭한 팬텀싱어 참가자들 참 매번 대단하고 멋있다. 진짜! 오디션에서는 선곡도 중요한데 선곡도 다 너무 좋다. 실력이 좋은 참가자들이 와서 그런지 너무 잘한다.

오늘은 결승전이다. 너무 재미있겠다. 기다려진다. 너무 고 퀄리티 프로그램이다. 3주를 연습할 시간을 주니까 그래서 좋은 무대가 나오는 것이다. 마지막까지 재미있게 봐야겠다. 나는 행복하다.

온 가족이 좋아하는 〈팬텀싱어〉. 이번에 제일 열심히 봤다. 나는 음악에 대해서 많이 알게 되었다. 사실 누가 우승을 차지하게 될지 궁금하다. 감을 못 잡겠다. 금요일에 봤는데 다들 너무 잘하는 것이었다. 훌륭한 무대를 보여줬는데 다 좋았다. 행복하다.

전통 악기의
매력

2023. 6. 8.

우리나라 전통 악기는 가야금, 아쟁, 징, 해금, 태평소 등이 있다. 가야금은 배우기 어려운 악기인 것 같다. 연주하기 어렵고 돈이 많이 들어가는 악기이다 보니 모두가 할 수 있는 악기는 아니라고 생각한다. 악기는 소중히 다뤄야 하고 재능이 있는 사람이면 할 수 있으나 그렇지 않은 사람은 못한다. 서양 악기와는 다른 소리 우리의 소리 아름다운 소리이다. 우리 전통미와 우리의 소리를 들었다. 너무 좋다. 악기 튜닝을 한다고 했다. 국악기도 똑같이 튜닝을 하겠지.

연주하는 방법은 다르다. 가야금은 손으로 뜯어야 하고 거문고는 젓대로 연주해야 한다. 아쟁은 활로 켜야 한다. 해금은 독특한 소리가 난다. 징은 옛날에 국가 행사에서 사용되던 악기이다. 악기는 소중히 다뤄야 하기에 관리를 잘하고 있어야 한다. 국악기는 잘 관리하지 않으면 운다고 엄마가 이야기하셨다.

악기 연주는 우리 마음을 편안하게 해준다. 음악회에서 사용하는 것이다. 나는 너무 악기가 좋다. 정말 우리 전통 악기는 선율이 아주 아름다운 소리이다. 한국인의 한을 정확하게 연주한다.

나는 국악 공연을 많이 다녀서 국악기의 종류를 많이 알고 있다. 요즘 내가 국악기를 알고 싶어 하는 것 같다. 나는 그중에 현악기를 많이 좋아한다. 연주회에서 들었던 악기는 거문고, 소금, 대금, 피리였다. 대금은 옆으로 부는 것이다. 피리도 똑같다. 연주하는 방법은 서양 악기와 다르지만 악기는 다 음악을 연주할 때 사용한다는 것이다. 연주회를 했을 때 제일 좋아하는 악기는 해금이다.

다양한 악기가 많아지는 요즘 시대에는 나는 다양한 소리를 듣는다.

여기까지 쓰겠다.

그동안
〈히든싱어〉에
원조 가수로 나온
가수들

2023. 6. 12.

나는 〈히든싱어〉 전 시즌을 다 봤다. 그 정도로 팬이다. 보니 여기 나온 가수들을 써보고 싶었다. 박정현, 선미, 김민종, 진성, 규현씨와 최정훈, 엄정화, 제시, 영탁, 노사연, 김현식 등 내로라하는 레전드 가수들이 있었기에 지금의 히든싱어가 있었다. 그리고 시즌5는 강타, 전인권, 싸이, 케이윌, 린, 고유진, 홍진영, 에일리, 바다, 자이언티, 양희은, 박미경. 시즌5는 케이윌 편이 레전드였다. 보아, 김진호, 민경훈, 이은미, 소찬휘, 김정민, 김연우, 임재범, 신지, 거미, 변진섭, 이선희, 이재훈, 박현빈, 환희, 태연, 태진아, 이적, 인순이, 윤종신, 이승환, 김태우까지 정말 다양한 장르의 가수들이 많이 나왔다.

〈히든싱어〉는 가수들을 울리는 방송이다. 감동과 재미 두 마리 토끼를 잡는다. 너무 재미있고 유쾌한 프로그램이다. 나는 〈히든싱어〉 광팬인 것 같다. 정말 좋다.

나는 〈히든싱어〉는 팬미팅이라고 생각한다. 여기는 진짜 찐 팬들이 나온다. 시즌2는 임창정, 신승훈, 조성모, 김범수, 주현 미, 윤도현, 아이유, 남진, 휘성, 박진영, 김윤아, 김광석. 정말 이런 가수들과 함께하는 사람 송은이님 전현무님이 행복하게 보였던 것 같다. 감동을 많이 받았을 것 같다.

최애 프로그램 〈히든싱어〉 언제까지 할 수 있을까?

내가
센터에서
좋아하는
선생님

2023. 6. 24.

나는 요즘 주관 활동 센터 선생님 중에 박지영 정지선 선생님이 좋다. 너무 좋다. 이번에는 내가 좋아하는 선생님에 대해서 써보고 싶었다.

정지선 선생님도 좋고 박지영 선생님은 너무 밝으시고 행복한 기운이 느껴진다. 나는 센터를 좋아하는 것 같고 항상 아쉽고 가고 싶고 그렇다. 계속 다니고 싶고 행복하게 센터 선생님들과 생활하고 싶다. 나는 정지선 선생님이 좋다.

센터에 다닌 지 9개월. 그런데 내가 처음 센터에 왔을 때만 해도 선생님이 그렇게 많지 않았는데 지금은 선생님이 진짜 많아졌다. 난 정말 센터가 재미있다. 나는 센터를 계속 다니고 있다. 나는 행복하다.

박지영 선생님을 빨리 보고 싶다. 7월달이 기다려진다. 빨리

7월이 왔으면 좋겠다. 선생님과의 활동이 기대된다. 선생님 빨리 보고 싶어요. 좋아하는 선생님이 생긴다는 것은 기분이 좋은 일인 것 같다. 제2의 학교 주관 활동 센터 선생님이 학교 선생님처럼 느껴진다. 너무 좋다. 나는 행복하다. 박지영 선생님을 빨리 보고 싶다.

내 동생은
특이한
아이

2023. 7. 2.

민수는 특이한 아이이다. 어릴 때부터 문을 타고 놀거나 개인기로 닭흉내를 냈었다. 정말 너무 웃겼다. 하는 행동이 정말 특이하다. 오죽하면 우리 할머니가 민수는 개그맨을 하라고 했을 정도다. 동생이 너무 웃기다. ㅎㅎㅎ 수다는 또 어찌나 많이 떠는지 민수만 집에 있으면 시끄러워진다. 민수는 우리집에서 시끄러움을 담당하고 있다. 얼마나 시끄러운지 모른다. 민수가 나는 밝은 아이어서 너무 좋다.

내가 민수가 특이한 아이라고 느낀 건 민수가 노는 데 진심이기 때문에 그렇다고 생각한다. 내가 민수를 좋아하는 것은 밝기 때문에 그렇다. 나는 민수가 예체능적인 기질을 보이는 것은 엄마와 어릴 때부터 나와 그리고 엄마와 공연을 많이 봐서 그렇다고 생각한다.

내가 느끼는 내 동생 이야기 한 번 더 쓰고 싶었다. 우리 가족 이야기이다.

민수는 독특한 아이다. 보니 정말 끼가 많다. 항상 시끄러움을 담당하고 있다. 얼마나 나는 행복한지 모르겠다. 민수가 오늘 나를 안아줬는데 기분이 너무 좋았다. 어떻게 그렇게 특이하게 안아주는지 ㅋㅋㅋ ㅋㅋㅋ 민수는 끼 많은 아이. 그래서 얘가 연기를 하나 싶다.

나의
독서량

2023. 7. 12.

나는 책 읽는 것을 좋아한다. 다양한 책을 읽고 있는 나는 그 종류가 너무 다양하다. 전래동화부터 죽음에 관련된 책까지. 독서라는 것은 행복한 것이다. 내가 가장 좋아하는 책은 세계명작 책을 좋아한다.

나는 작가를 꿈꾸고 있는 사람이라서 책을 많이 읽어야 한다. 요즘에는 죽음에 대한 책을 봤는데 어두운 분위기의 책이어서 처음 경험해보는 분위기였다. 앞으로도 더 재미있는 책을 읽고 싶다. 나는 싸우는 게 너무 싫다. 그래서 싸우는 유의 책은 내 독서목록에 없다.

앞으로도 책을 열심히 읽어보고 글을 재미있고 심도 있게 쓰고 싶다. 잘 쓰고 싶은가 보다. 내 독서의 양은 다양하다. 재미있게 쓰고 싶다. 독서에 대한 견문을 늘리고 있다. 글을 더 잘 쓰기 위해서 쓰는 것이다.

나는 책 읽는 것을 좋아한다. 유품을 정리하는 직업을 알게 되었다. 항상 죽은 사람의 흔적을 보고 느끼고 하는 직업이다. 나는 직업 알아보기를 좋아하는데 내가 읽는 책에서 알게 되다니 놀랍다. 책은 재미있다.

운동선수를
보는 관점이
바뀐 나

2023. 7. 18.

나는 예전에 국가대표 관련 글을 쓴 적이 있다. 스포츠에 대해서 쓰고 싶어서. 국가대표 김연아, 이상화 선수는 세계적인 선수이기 때문에 심리적 압박감과 부담감이 많이 있었겠다고 나는 생각한다. 그 두 분이 대단해 보인다. 두 분은 잘하는 선수였기에 국민들의 관심은 두 선수에게 갈 수밖에 없다. 얼마나 많이 부담이 있었을까? 두 스포츠가 둘 다 긴장을 많이 하는 것이다. 그렇지만 부담감을 이겨내고 두 분은 올림픽에 출전하여 멋진 경기를 보여주었다. 그 올림픽을 하기까지 얼마나 많은 훈련을 힘들게 하였을까 그 마음이 느껴진다.

난 국가대표 김연아, 이상화 선수가 그냥 국가대표가 아닌 것 같다고 생각한다. 두 분은 나라의 보물이다. 정말 많이 느꼈다. 아무나 할 수 없다는 것 정말 힘들다는 것. 국가대표가 되기까지 레슨과 연습 그리고 자주 넘어지는 실수를 한다. 그

분들도 사람이기 때문이다. 운동을 오래한 국가대표는 운동이 질린다고 이야기했던 기억이 난다. 또 운동이 꼴도 보기 싫다고 했던 김연아 선수가 〈유 퀴즈 온 더 블럭〉에 출연해서 했던 말이 기억난다.

그만큼 힘들게 많이 오랫동안 했으니 안 하고 싶은 것이다. 그리고 운동선수의 삶은 고된 훈련과정과 인내와 많은 노력을 해야 금메달이 나오는 것이었다. 그리고 선수가 본인이 운동이 너무 힘들었으면 그 선수의 아이는 그 운동을 또 시키지 않을 것이다. 그게 국가대표의 마음이다.

전 세계적인 선수로 살았던 김연아, 이상화 선수는 대단하신 분들이고 전설적인 분들이다. 각 두 스포츠계에 전설적인 인물이다. 한 분은 빙상 여재 그리고 한 분은 피겨스케이팅 황제다. 그렇게 되기까지 얼마나 힘들었을까? 나는 그게 보인다. 25년 18년 동안 선수생활을 하고 지금은 은퇴하고 다른 삶을 살고 있다. 그동안 수고했다고 쓰고 싶다. 이게 내 마음이다. 고맙습니다.

우리나라를 빛내주셔서 너무나 긴 시간 우리에게 행복을 주기 위해 달려온 시간들을 기억하고 싶다. 나는 이제 국가대표들을 다시 생각하게 되었다. 대단한 분들이다. 존경스럽다.

이 두 스포츠는 체중조절이 필수인 스포츠다. 먹고 싶은 것을 먹지 못하고 조절을 해야 하니까 두 분 다 선수 시절에는 체중조절하느라 못 먹었던 음식들을 은퇴하고 먹기 시작하셨다. 강도 높은 운동과 체중조절과 세계선수권대회와 월드컵을 해서 최상의 컨디션을 유지한다. 이래서 올림픽을 하기까지 얼마나 많은 훈련을 힘들게 하였을까 하는 것이다.

고맙습니다. 행복했어요.

좋아하는 스타가
매번 바뀌는 나

나는 좋아하는 스타가 매번 바뀌는 아이다. 지금까지 내가 좋아했던 스타는 지드래곤, 거미, 소녀시대, 이석훈, 태연, 포레스텔라. 좋아하는 스타들도 너무 많다. 엄마따라쟁이인 나는 지드래곤도 그랬고 포레스텔라도 그랬다.

그렇지만 지금은 포레스텔라와 고우림 오빠 앓이 중이다. 오빠가 너무 좋은 나는 매일 이야기를 한다. 정말 좋아한다. 노래 잘하고 잘생기기까지 한 가수 포레스텔라. 매력도 너무 많은 가수인 것 같다. 내가 제일 좋아하는 포레스텔라 오빠들이다.

심지어 노는 거까지 잘 놀 줄은 몰랐다. 너무 재미있게 노는 것이다. 팀워크가 너무 좋다. 라이브는 예술이다. 노래를 너무 잘한다.

사랑은 움직이는 것이다. 내가 그동안 좋아하는 스타가 매번 바뀌었던 것은 다양한 스타를 좋아했던 것이다. 매력이 있어서 지드래곤 오빠를 좋아하고 노래를 잘해서 거미 언니도 좋아했다. 소녀시대 언니들은 내가 그냥 좋아했다. 태연은 내가 혼자 나만 좋아했다. 이석훈은 노래도 잘하고 잘생기고 그래서 좋아한다.

나는 요즘 포레스텔라를 좋아하면서 참 스타는 다양하구나 느꼈다. 정말 가요계는 지금 다양한 가수들이 있구나 느끼고 음악의 다양함을 느꼈다. 가수는 실력이 있고 정말 노래를 잘하는 게 가수다. 마지막 가수 포레스텔라는 너무 좋아해서 매일 생각하는 게 오빠들 생각을 하는 것이다. 그렇게 포레스텔라 오빠들이 좋다.

나는 스타를 사랑하는 사람이다. 반짝반짝 빛나는 스타들. 응원하겠다.

아이돌은
어떻게
만들어지는가

2023. 8. 5.

아이돌은 어떻게 만들어지는가를 나는 쓰고 싶었다. 아이돌 그룹은 어떻게 론칭되는지 알고 싶었던 것이다. 대표님은 연습생 스카우트하기부터 아이돌 보컬 훈련, 댄스 연습, 음원 발매, 콘서트 준비, 아이돌 무대의상 준비까지 정말 많은 것을 해야 한다.

한번 데뷔하려면 이렇게 많은 시간이 걸리는 것인 줄 몰랐다. 아이돌은 연습생 생활을 할 때 개인차가 있어서 어떤 연습생은 7년 어떤 연습생은 6년인데 평균 연습생 생활 기간은 6년이다. 소녀시대 언니들은 7년 동안 연습생 생활을 하고 데뷔했다. 활동하기까지 오랜 시간 동안 연습하고 있었다. 그 트레이닝도 다 대표님이 트레이너를 고용해서 연습시킨다. 얼마나 오래 연습시켜야 실력이 좋은 아이돌이 될까? 엄청 오래 걸리겠지?

엄마는 나를 낳고 행복했을까   195

나는 기획사 대표는 극한 직업이라고 생각하고 있다. 많은 것을 아이돌에 맞춰서 해주어야 하니까. 완벽한 아이돌을 제작하는 걸 좋아하게 되는 기획사 사장님은 대단해 보인다. 대한민국 3대 기획사 사장님들은 어떻게 아이돌을 만들었을까? 근데 쉽지 않은 길이다. 아이돌을 만드는 것은 공이 많이 들어가는 일이다.

얼마나 많이 연습해야 데뷔를 할 수 있는 것일까? 아이돌은 정말 그냥 나오는 게 아니구나를 이 글을 쓰면서 느낀다. 노력 없이는 할 수 없는 가수 생활. 가수가 되기 전부터 하는 긴 연습생 생활을 하면서 하루 종일 또는 몇 시간 예를 들면 12시간 이상 또는 10시간 이상 연습한다. 데뷔하기 위해 언제 데뷔할지 몰라서 막연하게 연습하는 것이다. 그게 아이돌이다. 아이돌도 대단하다.

아이돌을 데뷔시키기 위해 많은 일을 하는 사장님들의 이야기를 쓰고 싶었다. 나는 아이돌이 아니지만 간접체험 후 얼마나 쉽지 않은 일인지 깨달았다. 앞으로 더 많이 K-POP을 이끌어갈 아이돌이 나왔으면 좋겠다.

〈벌거벗은 한국사〉를
보며

2023. 8. 16.

나는 요즘 〈벌거벗은 한국사〉를 보고 있다. 역사를 좋아하는 나는 이 프로그램을 정말 좋아한다. 그리고 절대 위인전에서는 볼 수 없는 이야기를 최태성 선생님이 이야기를 해주신다. 선생님의 실감나는 연기와 함께 듣는 강의는 너무 재미있다. 갈수록 더 재미있어지는 것 같다.

양녕대군 이야기는 익히 알고 있는 이야기였는데 더 깊게 알게 되었다. 워낙에 공부를 하지 않고 아버지 태종의 속을 상하게 했다. 어쩌면 양녕의 선견지명일 수도 있다. 본인은 왕이 될 생각이 없어서 동생에게 준 걸 수도 있다. 그리고 당시 충녕대군이었던 세종에게 왕의 삶이 맞다고 생각했을 것 같다. 양녕대군은 물러나고 싶었을 것 같다.

공민왕은 고려가 원나라 간섭기였을때 즉위한 왕이다. 그런데 전에는 임금 되기가 힘들었다. 계속 실패했다. 그래서 원나라 공주와 결혼했다. 왕이 되려고 원나라 공주와 결혼 후 임금 즉위에 성공했다. 공민왕은 노국공주를 너무나 사랑했다. 너무 좋아했다. 고려판 로미오와 줄리엣이다. 노국공주만 한 여자가 없다며 노국공주가 세상을 떠난 후 굉장히 슬퍼했다고 한다. 아무리 슬퍼도 왕이라면 국가를 돌봐야 하는데 돌보지 않아서 국가가 멸망했던 것 같다.

그리고 이번에 본 정약용도 동양의 천재이다. 우리가 지금까지 너무 서양 천재들만 알고 있었다는 게 너무 속상했다. 앞으로도 동양의 천재들을 알았으면 좋겠다는 생각이 든다.

우리나라 고려 시대에도 스캔들이 있었던 여자가 있었구나 느꼈다. 천추태후는 위험한 사랑을 했었다. 왕족이었던 그녀는 평범한 집안의 남자인데다가 왕씨도 아닌 사람이어서 그래서 위험한 사랑이라 했다.

앞으로도 역사에 대해서 많이 알고 싶다. 덕혜옹주의 삶에 대해서도 배웠다. 워낙 극적인 삶을 살았던 덕혜옹주는 지금도 영화와 드라마로 만들어지고 있다. 덕혜옹주는 조선 제26대 왕 고종의 딸로 사랑을 많이 받고 자랐다. 왕의 침전에서 같이 생활하고 심지어 딸을 위해 유치원을 설립했다는 고종. 얼마나 딸을 예뻐했는지가 보인다. 유치원도 가마 태워서 보냈다고 한다. 조선 마지막 왕녀인 덕혜옹주는 왕의 딸인데 공주

가 아니다. 왜냐하면 후궁이 낳았기 때문이다. 그래서 옹주가
되었다.

그런데 고종은 너무 어릴 때 딸이 6살이 되었을 때 약혼을
시키려고 했다. 꼭 우리나라 사람과 결혼시키겠다고 했다. 왜
냐하면 아들이 일본인과 결혼했기 때문이다.

앞으로 더 많이 알고 싶고 장수했으면 하는 프로그램이다.
알게 되어서 감사하다. 역사에 대해서 알게 되어서. 더 많이
알고 싶다.

일본 요리와
프랑스 요리의
차이

2023. 8. 28.

나는 한국 음식이 아닌 다른 나라 요리를 써보고 싶었다. 먼저 한식은 장으로 만드는 양념이 많고 장으로 하는 요리가 많다. 모든 요리는 장으로 한다. 일본 요리는 오마카세라고 하는 코스요리가 있다. 초밥, 덴푸라, 붕어빵, 타코야키, 라멘, 우동 등이 다 일식이다.

나는 지금 게임에서 프랑스 요리를 만들고 있다. 각종 디저트와 에피타이저 주요리를 만든다. 내가 궁금했던 것이다. 나는 항상 궁금한 게 많다. 요즘에는 음식에 대해서 알고 싶다. 더 많이 알고 싶다. 그래서 전 세계 음식을 써보고 싶었던 것이다.

우리에게 익숙한 음식인 일본 음식은 요즘 우리 생활에 너무 많이 들어온 게 아닌가 싶다. 중식은 고추기름을 사용한다. 볶거나 튀기는 음식이 많은 중식은 느끼하다. 나는 짬뽕과 탕수육을 좋아한다. 태국 음식 중에서는 팟타이라는 면요리를 좋아한다. 사람들이 궁금해하는 음식의 세계는 무궁무진하다.

프랑스 요리의 차이는 에피타이저 주요리 디저트 순이다. 보니 맛있지만 만들기 어려운 것이다. 바게트 빵은 프랑스 전통빵이다. 다용도 칼로 빵 사이에 선을 그어놓으면 더 맛있게 빵을 구울 수 있다. 그렇게 해서 170도에 구워서 잼을 발라 치즈와 햄과 견과류를 올리면 완성! 샐러드는 각종 채소와 과일로 만든 것이다. 샐러드 소스를 만들어서 부으면 완성! 크레페는 크레페 반죽이 있다. 그거에 마음에 드는 잼을 골라서 바르고 과일을 얹고 싸서 달콤한 잼을 바르고 플레이팅을 한다.

나의 궁금함 창고는 계속된다.

음식의 다양함이 존재하는 이유다.
앞으로 음식에 대해서 알고 싶다.

나의
어릴 적
이야기

나는 어렸을 때 미숙아로 태어났다. 엄마 뱃속에서 너무 빨리 나와서 그래서 미숙아다. 그래서 인큐베이터에 있었다. 그래서 나는 항상 생각한다. 멀쩡히 태어났으면 뭐든 걸 혼자 다 했겠지. 취직도 하고 대학도 갔겠지만 힘든 입시를 고생하면서 했을 거라고 생각한다.

어릴 때부터 사랑을 많이 받은 나는 요즘 너무 어린 시절이 행복했다고 생각한다. 온 가족의 예쁨을 받았으니까. 노래를 좋아하는 나는 행복한 아이다. 어릴 때부터 노래를 좋아하고 노래 부르는 것을 좋아했던 나. 초등학교 때도 음악수업을 좋아했다. 지금도 나는 음악을 좋아한다. 내가 참 밝은 사람이라는 생각을 하고 있었다. 어릴 때부터 잘 웃는 나로 알고 있다. 나의 이야기이다.

엄마가 어릴 때 내가 너무 많이 울어서 침대에 던져버렸다는 이야기가 있다. 나의 어릴 적 이야기 계속 쓰고 싶다. ㅋ ㅋ ㅋㅋ 웃기다. 유쾌한 이야기를 쓰고 싶었다. 엄마는 나를 정말 사랑해주며 잘 돌봐주었다. 내가 태어난 세브란스병원에서 내가 너무 자지러지게 울어서 엄마가 병원을 바꾸었다는 것이다. 그런데 신기하다. 서울대병원으로 갔는데 내가 울지 않는 것이다.

또 동생을 나는 너무 좋아했다. 난 어렸을 때부터 착한 아이였다. 엄마는 성격이 좋다. 정말 엄마는 나를 데리고 여기저기 다녔다.

나는 정말 추억이 많다. 에버랜드에 갔던 추억이 있다. 어릴 때는 에버랜드에 자주 갔다. 무서운 놀이기구도 탔다. 바이킹, 후룸라이드, 아메리카 익스프레스 여러 놀이기구를 탔다. 나의 추억의 놀이동산이다. 추억이 많다. 난 참 행복한 아이다.

인 테 리 어
디 자 이 너 의
삶

2023. 9. 12.

이번에는 인테리어 디자이너의 삶에 대해서 쓰고 싶다. 인테리어는 집을 꾸미는 것이어서 시간이 많이 걸린다는 것은 이미 알고 있는 사실이다. 거실을 꾸미거나 침실을 꾸미려면 벽지와 바닥을 깔아야 한다. 옷장, 침대, 화장대 순으로 꾸며야 한다.

인테리어를 해달라고 한 주인이 만족할 만한 인테리어를 하는 감각이 있어야 한다. 많은 고민을 하고서 일을 하시는 인테리어 디자이너는 섬세한 기술이 필요하다. 집을 고치고 인테리어를 예쁘게 해야 한다. 아름다워야 한다. 조화로워야 한다. 샹들리에도 조립한다. 전등을 돌린다. 샹들리에는 예쁜 집이나 재벌집에서 많이 볼 수 있다. 고급스럽게 달려 있는 것이다.

요즘에는 인테리어 트렌드가 변화했겠지라고 생각한다. 갈수록 바뀌는 인테리어 트렌드를 이 디자이너의 안목으로 한다. 집주인의 차고를 고쳐야 한다. 인테리어 디자인은 할 것도

많다. 차도 고쳐야 하고 공구통도 만들어야 하고 환풍기통도
차고지에 있어야 한다.

나는 직업을 많이 알고 싶어 한다.

인테리어는 집을 스타일링한다고 나는 생각한다. 그게 직업
인 사람이다. 인테리어 디자인이라는 것은 신경을 쓰고 정성
으로 만들어야 한다. 그게 인테리어 디자이너의 삶이다.

누군가를
좋아하는
것은

2023. 9. 22.

나는 많은 스타를 좋아했지만 나보다 세 살 많은 황건하를 좋아할 거라곤 생각을 하지 못했다. 그래서 너무 신기하다. 내가 좋아하는 가수들은 보통 기본적으로 나이가 많은데 그중에서 제일 좋은 가수는 고우림, 황건하다.

누군가를 좋아하는 것은 정말 좋은 것 같다. 나는 행복한 아이다. 누군가를 좋아할 수 있는 아이라는 것에 만족하며 살고 있다. 좋아하는 스타가 있다는 게 얼마나 좋은지 모른다. 나는 다양한 스타를 정말 깊이 좋아하는 것 같다. 그래서 나는 항상 생각한다. 스타를 생각하면서 행복을 느낄 수 있는 것이 얼마나 좋을까 하는 것이다.

오늘 하루 종일 고우림 오빠만 생각하고 있는 것 같다. 학습 후 고우림 오빠 검색은 기본이다. 스타를 정말 사랑하는 게 나에게서 느껴진다. 엄마가 이야기하셨다. 누군가를 좋아하는 건 정말 좋은 거라고 사람은 계속 좋아해도 된다고 그랬다. 행복한 것이다.

어떤 가수를 좋아했다가 끊었다가 좋아하는 것은 아닌 것 같다. 내가 좋아했던 가수를 질릴까 봐 계속 듣지 않는 것은 잘못된 것이다. 왜냐하면 내가 거미 언니를 좋아할 때 그랬기 때문이다.

누군가를 생각하는 건 행복하다. 그 사람의 음악을 듣거나 영상을 보면 그 사람을 보면서 행복한 것이다. 내가 가장 행복할 때가 스타를 영상으로 볼 때. 가장 기분이 좋다. 그거와 인스타그램 스토리도 보고 있다. 고우림 오빠 인스타그램을 어제 봤는데 포레스텔라 오빠들이 화보를 찍었는지 소감을 이야기하는 영상이 올라왔다. 나는 기분이 좋았다. 팬들과 함께하는 스타는 영향력을 미치는 사람이다.

그렇지만 나는 좋아하는 스타들이 매번 바뀐다는 것이다. 참 웃긴다. 나는 되게 스타를 건전하게 좋아하고 있다. 스타를 정말 깊이 좋아하는 것 같다. 나는 그동안 참 많은 가수들을 좋아하는 것 같다. 엄마의 영향을 받아서 모든 다 좋다고 하는 나. 참 좋은 영향이다. 그래서 더 좋아하는 스타가 많은 것 같다. 소중하고 행복한 나의 덕질이다.

끝!

부원장님은
재미있다

2023. 9. 30.

우리 센터 부원장님은 재미있다. 부원장님이 옛날에는 나를 잘 모르셨는데 지금은 너무 잘 아셔서 이재원씨와 나에게 어느 날 영어를 가르치시겠다고 하셨다. 그래서 내가 왜 배우냐고 그랬더니 너네 올림픽 나가서 영어 인터뷰 하게 하겠다고 했다. 나는 이 말이 너무 웃기다. ㅋㅋㅋ

　진짜처럼 하는 게 농담인데 부원장님이 하는 농담은 진짜 같다. 정말 재미있다. 그리고 열정이 정말 많으셔서 수영을 할 때 나도 가르쳐주시고 수영 못하는 선생님도 레슨을 하셔서 더 열심히 해야겠다는 생각이 든다. 나는 부원장님이 좋다. 센터 선생님들이 제일 좋아하는 부원장님은 가장 인기가 많으시다.

　행복한 나의 센터 생활 이제 1년이 되었다. 나와 소영 언니

승희씨 동국씨 외에는 대화가 되는 사람이 없다. 그래서 나밖에 대화되는 사람이 없어서 나한테밖에는 사람들이 이야기를 안 한다.

주관 활동 센터에서 지내는 게 즐겁고 부원장님 농담처럼 올림픽에 나가게 된다면 신기하고 놀랍기도 하지만 안 나갈 가능성이 높다. 정말 농담이겠지 생각한다. 장애인들도 잘하는 사람들이 많기 때문이다. 지금은 이 농담을 많이 들어서 웃기지 않다.

그렇지만 부원장님은 재미있다. 우리 센터 부원장님은 너무 좋다. 싫지 않다. ㅎㅎㅎ

지금 여행 중인데 너무 한국이 그립다. 센터 가고 싶다. 소영 언니 보고 싶다. 센터는 즐겁다.

스페인
여행을
시작하며

2023. 10. 2.

우리 가족과 하는 첫 해외여행 스페인 여행을 위해 저녁 7시 30분에 집에서 공항으로 왔다. 비행기를 경유를 해서 비행기를 7시간을 타고 스페인 마드리드에 도착했다. 나는 너무 힘들어서 놀란 토끼눈을 하고 있었다. 여러 나라를 여행했지만 도착하고서 이렇게 힘든 적은 처음이다. 엄마와 비행기 화장실에서 다시는 외국 나가지 말자고 이를 갈면서 스페인에 도착했다.

첫날에는 마드리드에서 제일 먼저 간 곳은 프라도 미술관 마요르 광장. 둘째 날은 세고비아를 갔다. 알카사르성 로마 수도교 톨레도 산토토메 교회 톨레도 대성당은 기억나지 않는다. 세 번째 날에는 포르투갈에 가서 유럽의 끝인 까보다로까를 갔다. 그 바다는 정말 아름다웠다. 제주도인 것 같지만 아닌. 아름다운 바다의 경이로움이다. 파티마 대성당 그다음에는 벨렘탑 제로니모스 수도원 로시우 광장 그리고 포르투갈의 하이라이트 에그타르트. 정말 맛있었다. 넷째 날은 스페인 세비야 대성당 히랄다 탑 마리아 루이사 공원 스페인 광장 황금의 탑. 다섯째 날 때 론다 누에보 다리 시내관광 미하스. 그리고 여섯째 날 때부터 프리힐리아나와 네르하 해변과 지중해 바다의 콤보는 아름다웠다. 그다음에는 그라나다 알함브라 궁전 야경 투어. 일곱째 날 알함브라 궁전 내부를 봤다. 나는 한국에 있는 궁이 더 좋다. 내가 궁에서 가만히 서서 사진을 못 찍어서 그렇지. 여덟째 날 때 발렌시아 투어를 했다. 시내투어 그리고 오늘 투어가 시작됐다. 투어를 다 하고 숙박을 하면 내일 비행기를 타고 집에 간다. 우와~~~~~~~~ 가서 엄청 공부해야지! 고생했지만 즐거웠다.

그렇지만 아직 끝나지 않았다. 오늘은 가우디가 만든 성당을 보러 갈 것이다. 베네딕트 수도원도 간다. 구엘 공원도 간다.

드디어 하룻밤만 자면 집에 간다. 서울 가고 싶다.~~~~~~

여행 기행문 끝!

결혼에 대한
로망이 생긴
나

2023. 10. 10.

나는 요즘 미래의 삶에 대한 로망이 생긴 나다. 나도 엄마처럼 나중에 30살에 결혼을 해서 우리 엄마처럼 내 미래 배우자와 행복하게 잘살 수 있을 것 같다. 나의 이상형은 부드럽고 선한 사람이 좋다. 연예인으로 이야기를 하면 이석훈 오빠, 포레스텔라 고우림 오빠다. 나는 예전에는 정말 엄마를 따라했었다. 나쁜 남자 즉 츤데레 스타일을 좋아하는 줄 알았는데 그런데 엄마를 따라 한 거였다. 나는 부드러운 사람이 좋다.

그런데 모든 사람들이 결혼을 할 때 이상형과 하지는 않지만 마음이 맞거나 정말 좋으면 결혼을 하게 된다. 그리고 행복한 삶이 시작되는 것이 결혼이다. 나는 기도를 정말 많이 하고 있다. 하나님을 믿고서 기다리고 있다. 물론 다른 쪽으로 생각해보면 때가 되면 이루어지겠지라고 생각한다. 요즘은 연애를 하는 것도 쉽지 않으니까 말이다.

우리 부모님은 너무 사이가 좋아서 내가 그런 로망이 생길 만하다. 서로 맞춰 가면서 삶을 사는 것이다. 상대를 존중하지 않으면 안 된다. 그리고 행복이 가장 중요하다. 행복하지 않으면 사랑이 없는 것이다. 나의 미래는 행복이 시작될 것 같다. 일단 상상해본다. 상상만으로 행복하다. 나중에 결혼할 때 나는 어떤 기분이 들까? 생각했다. 아직 먼 미래의 일이지만 궁금하다. 내가 어떻게 미래를 살게 될지. 나도 언제부터 부드러운 사람이 좋아졌는지 모르겠다.

나중에 일어날 일 나중에 생각하자.

〈비정상회담〉을
보기 전에

내가 사랑하는 프로그램 〈비정상회담〉을 유튜브로 제이티비씨 봐야지로 시청하고 있다. 나는 국가에 대해 관심이 많아서 이 프로그램을 통해 다른 나라의 문화를 알아보는 것을 좋아한다. 다양한 것으로 토론을 했었던 것이다. 독립, 동거, 외모지상주의, 한국의 전통 육아법, 다양한 미의 기준, 각 나라의 다른 문화를 토론했다.

외국인들이 보는 관점에서 보는 한국사회는 뭐든지 빠르고 교육열이 아주 높은 나라이다. 서양에서는 느낄 수 없는 완벽한 공부체계에 놀라는 외국인들. 왜냐하면 다른 나라는 그렇게까지 세계 학원까지 보내면서 공부를 하지 않는다. 대학도 가고 싶은 아이들만 간다. 반면 우리나라는 아이들 모두가 대학을 가야 한다. 마치 고등학교 가는 것처럼 당연하게 가는 것이다.

한국은 성형 수술을 인구 대비 가장 많이 하는 나라라고 했다. 그만큼 본인의 외모에 대해서 만족을 못 하는 것 같다. 다이어트 클리닉도 마찬가지다. 한국인은 꾸미는 것을 잘한다. 그래서 외국인이 봤을 때 한국인은 참 스타일리시하다고 느낄 만하다. 반면 외국인들은 잘 꾸미지 않는다. 그리고 외모지상주의 편에서도 다른 나라도 외모를 많이 본다고 했다. 외모를 안 보기는 본다.

나는 다른 문화를 살아온 외국인의 관점에서 보는 한국사회를 알아가는 게 좋다. 빨리 〈비정상회담〉을 보고 싶다.

2023. 10. 24.

나는 정말 책을 잘 만들고 싶다. 그러려면 내 이야기를 써야 한다. 그래야 책을 만들 수 있을 것 같다. 다양한 이야기를 써 봤는데 내 학창시절 이야기 스타 이야기와 스포츠 이야기. 그 종류는 스피드스케이팅, 피겨스케이팅, 리듬체조 등이다. 그리고 대부분 방송 이야기를 많이 썼다. 〈미운 우리 새끼〉, 〈벌거벗은 한국사〉, 〈벌거벗은 세계사〉, 〈팬텀싱어〉, 〈비정상회담〉 등 여러 가지를 썼다. 그리고 국가대표 관련 글도 썼다.

국가도 그렇다. 중국, 벨기에, 네팔, 이탈리아 등을 썼다. 이 4개국을 쓰기까지 나는 많이 공부를 했다. 내가 느낀 것과 내 이야기를 내 책에 담고 싶다. 그리고 포레스텔라의 이야기도 썼다. 오빠들의 매력을 써보고 싶었다. 그 4명의 조화는 너무 좋기 때문이다. 록적인 요소와 중저음과 팝적인 것과 테너의 아름다운 조화가 어우러지는 것이라고 나는 그렇게 썼다. 노래를 잘하고 편안하게 노래하는 포레스텔라의 이야기 쓴 건 많은데 너무 다 같은 내용이라 어떻게 할지 모르겠다. 다른 이야기를 써야 한다.

오늘은 정리타임이다. 그동안 썼던 글을 정리하는 시간.

피겨스케이팅은 오래 쉬지 못하는 장르여서 몸이 아파도 훈련을 해야 한다. 종목적으로 아주 힘든 것이기에 결코 쉽지 않다. 스포츠라는 것은 하나도 힘들지 않는 게 없다. 모든 것이 다 그렇다.

내가 느끼는 내 동생 이야기, 가족 이야기, 결혼 로망 이야기 등 여러 가지를 책에 쓰고 싶다. 나의 스타를 좋아하는 마음을 글로 쓰고 싶어서 썼다.

책을 진심으로 잘 만들고 싶다.

공부를
시작하며

2023. 10. 29.

나는 이번에 센터에서 영어 공부를 다시 시작하면서 영어가 어렵다는 것을 다시 알았다. 발음도 어렵고 악센트가 너무 많고 발음이 굉장히 중요하다는 것을 알고 있었지만 더 어렵다. 나는 영어가 어렵다. 하지만 배워놓으면 좋은 언어이다. 쓰기도 잘 되지 않아서 죽을 맛이다. 영어 쓰기도 연습하고 노력하면 되겠지? 영어를 유창하게 하는 그날까지 열심히 해야겠다는 생각이 든다. 한번 열심히 해보자!

나한테 어려운 언어 영어. 그렇지만 센터에서 해야 하니까 한다. 나는 언어를 공부하는 것을 좋아하는데 어려운 언어를 하다 보니 외운다. 이탈리아어는 악센트가 별로 없어서 발음하기 쉬운데 영어는 그게 아니다. 힘들지만 열심히 해야겠다. 언제까지 할진 모르겠지만 열심히 배워서 할 수 있으면 계속하자! 나의 언어 욕심은 어디까지일까? 열심히 노력하자.

열심히 하자. 나의 마음이다. 공부를 좋아하는 게 보인다. 오늘은 스멜굿에 대해 배우고 여러 가지를 배웠다. 나는 영어가 어렵다. 그렇지만 열심히 하고 있는 나다. 나의 공부는 계속된다. 무슨 단어를 배우게 될까? 영어를 계속 해보자. 언어는 열심히 해야 한다. 나의 언어 도전은 계속된다.

서울대학교를
다녀와서

2023. 11. 4.

내가 가고 싶었던 대학교 서울대학교가 궁금하기도 하고 또 센터에서 너무 서강대학교만 다녀서 약간 지겨워졌는데 내가 서울대학교를 가자고 엄마에게 노래했더니 갔다. ㅎㅎㅎ

서울대학교는 정말 압도적으로 크다. 건물도 크고 로고도 크다. 참 포레스텔라 좋아한다고 고우림 오빠 좋아한다고 오빠가 졸업한 대학교를 내가 가서 구경을 하다니 신기하다. 누군가를 좋아하게 되면 스타의 출신 대학교를 가게 되나 보다.

나는 요즘 대학투어를 하고 있다. 거기에 맛있는 점심도 먹었다. 엄마랑 대학투어를 하면 너무 재미있다. 대학 구경도 하고 맛있는 점심도 먹고 이야기도 했다. 나의 대학투어는 계속된다. 행복한 삶이다. 첫 대학투어 서울대학교. 다음에는 고려대학교에 가게 될지도 모르겠다. ㅎㅎㅎ 재미있는 대학투어. 앞으로 얼마나 더 대학을 궁금해할지 정말 기대된다. 너무 가고 싶은 데가 많은 나. 어려서 그런가 보다. 명문대의 위엄을 느끼고 싶었던 나의 소원성취이다.

엄마는 내가 어디를 가자고 하면 다 맞춰서 같이 가준다. 엄마에게 이야기하면 다 해결된다. 엄마와 함께하는 시간이 많은 나는 행복하다. 정말 서울대학교에서 보낸 시간이 정말 행복했다. 즐겁다.

대학교 투어 글을 마치겠다.

전주 여행

2023. 11. 9.

나의 소원이었던 전주 여행을 갔다 왔다. 엄마에게 전주 가고 싶다고 노래했더니 드디어 다녀왔다. 8시 39분 기차표를 예매해서 기차를 타고 1시간이 걸려 전주에 도착했다. 도착하자마자 밥을 먹어야 해서 전주 비빔밥을 내가 엄마에게 먹자고 했다. 비빔밥은 너무 맛있었고 냉면도 국물까지 다 먹었다. 너무 맛있었다. 밥은 내가 먹고 싶은 대로 먹고 관광안내소에 물어봐 관광지 설명을 들은 후 관광을 했다.

난장으로 먼저 갔다. 나는 옛날 시대를 모르기 때문에 난장에 가는 게 딱 맞았던 것 같다. 구멍가게가 있었고 그걸 보고 옛날 교실도 들어가고 미용실도 가고 사진관도 가고 노래방도 다녀왔다. 거기서 윤도현 노래를 불렀던 나다. 그리고 인형가게도 있었다. 옛날 인형도 보고 여러 가지를 봤다. 엄마가 은반지도 사주고 경기전, 정동성당, 오목대, 전주향교도 갔다.

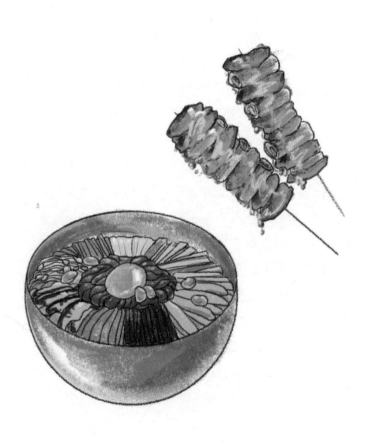

맛있는 길거리 음식도 먹었다. 십원빵도 먹었다. 그리고 닭
꼬치, 슬러시. 초코파이는 사 가지고 갔다.

심지어 은반지는 내가 시커메서 싫다고 했는데 엄마가 사
줬다.

즐거운 여행이었다. 나는 여행을 좋아한다. 이제부터 국내
여행을 가기로 했다. 전주 여행은 너무 재미있었다.

즐거운 추억이다. 나는 참 추억이 많다. 다음 여행에서도 즐
거운 하루를 보냈으면 좋겠다. 즐거운 여행이었다. 나는 행복
하다. 전주에서 먹은 닭꼬치는 치즈 닭꼬치를 먹었나 싶을 정
도로 치즈가 많았다. 여행은 먹는 것이 즐거움이라는 말을 들
었다. 그 말이 정답이었다. 정말 재미있게 다녀왔다. 다음에도
가고 싶다.

연세대학교를
다녀와서

2023. 11. 15.

나는 이번에 엄마와 연세대학교를 다녀왔다. 가보고 싶기도 했는데 이번에 서대문구에서 주최하는 우리 동네 음악회도 갈 겸 연세대학교도 들렀다. 연세대학교는 아나운서분들이 졸업한 학교라는 느낌이 나에게 있다. 그런데 학교를 가보니 그 느낌은 없고 가깝고 대학 느낌이 물씬 느껴졌다. 걸어 다니기 좋고 활기찬 느낌이었다.

대학교에서 하는 공연을 나는 처음 봤다. 재미있는 공연이었고 우리 동네에서 하는 공연은 처음이다. 그 공연을 보기 위해 연세대학교를 가서 기다리는 동안 샐러드를 먹었다. 정말 맛있었다. 맛있는 것도 먹고 즐겁게 다니는 것은 엄마랑 하는 게 낫다. 나의 소원이 이루어졌다.

다음에는 고려대학교에 가게 될지도 모르겠다. 내가 대학을 가지 않아서 그런지 자꾸 대학이라는 곳이 궁금해진다. 나의 마음이다. 너무 궁금한 게 많은 나이 24살인 나다. 나의 궁금함은 계속 채워질 것 같다. 대학에 대한 궁금함. 과연 나는 언제 그 궁금증이 풀릴까? 이젠 다른 나라가 아니라 대학이 궁금하다. 나의 궁금함은 계속된다. ㅎㅎㅎ 너무 좋다.

대학투어는 계속된다.

국가대표에
꽂혀 있는
나

2023. 11. 19.

나는 요즘 국가대표에 많이 꽂혀 있다. 한동안 부원장님이 하도 올림픽에 나가라고 해서 올림픽에 꽂혀 있었었다. 스피드 스케이팅 피겨스케이팅을 은퇴한 선수와 현역선수를 돌아가면서 매일 봤다. 그러니 계속 생각날 수밖에 없다. 이상화 선수나 김연아 선수를 내가 생각하지 않았었는데 국가대표에 꽂혀서 계속 봤다.

물론 우리나라를 빛낸 분들이라 기억하는 건 좋지만 그걸 너무 계속 생각해서 나중에는 나의 늪이 되었다. 매일 스피드 스케이팅 피겨스케이팅 영상을 보다 보니 이상화 선수 또는 김민선 선수, 김연아 선수, 신지아 선수가 너무 생각나서 가수가 빠졌었다.

결국엔 내가 선생님 농담을 잘 받아줬기 때문이다. 어제 센

터에서 바로 선생님에게 국가대표의 늪에서 빠져나오게 해주
세요라고 했다. 나는 그 정도로 진지하게 선생님 때문에 좋은
운동선수를 기억했다.

그 두 분은 대단한 선수다. 그런데 그 위치까지 가기까지 얼
마나 많고 힘든 훈련을 했을까 짐작이 간다. 국가대표는 해외
전지훈련을 간다. 그리고 해외에서 훈련하고 또 개인종목 선
수들은 진천 선수촌에 거의 집처럼 살면서 놀러 가지 못하고
계속 훈련한다. 역시 금메달은 그냥 나오는 게 아니다. 이것이
국가대표 클래스다.

나는 개인운동을 하니까 부담과 압박감이 없지만 국가대표
는 그게 아니다. 시즌마다 체중조절과 긴장을 해야 한다. 특히
그걸 잘하는 선수는 세계적인 선수이기 때문에 더 부담스러
운 것이다. 사람들이 너무 큰 기대를 하는 것이다. 혼자 외로
움과 자신과의 싸움을 어린 나이부터 하니 힘들다고 느껴질
수밖에 없고 사춘기 시절에 연습하느라 학교 생활도 없다. 김
연아 선수 이상화 선수도 똑같았을 것 같다. 이게 국가대표의
숙명인 것 같다.

피겨스케이팅이라는 종목 자체가 단독으로 하는 종목이다.
보니 어렵고 오래 쉬지도 못하고 강도 높은 훈련을 해야 한다.
또 피겨스케이팅은 우아하고 기품 있는 연기이지만 체력이 많
이 소모된다. 얼음 위 고난도의 기술을 선보여야 한다. 그래서

나는 피겨스케이팅 자세가 너무 어렵다고 생각하는데 그 두 분은 오랜 훈련을 통해서 매일 하다 보면 익숙해지는 것이다.

대단한 선수들이 있어서 후배 선수에게 귀감이 되는 것이다. 존경스럽다.

할아버지
이야기

2023. 11. 30.

나는 초등학교 때 할아버지가 같이 앉아서 글씨 쓰기를 가르쳐주셨다. 열심히 가르쳐주시고 나는 열심히 배웠다. 할아버지가 글쓰기를 가르쳐주셔서 내가 한글을 알고 글을 쓰는구나 느꼈다.

그리고 할아버지는 내가 초등학교를 다닐 때 예전에는 자동차로 데려다주셨다. 거의 매일 그랬다. 할머니가 매일 집에서 생선을 구워주셨던 기억이 있다. 너무 감사한 기억이다.

그리고 예전 집에서 여름에 장마철이면 비가 오면서 천둥이 치면 내가 무서워하고 할아버지는 괜찮다 무서워하지 마라 하고 달래주셨던 기억이 있다.

나는 글쓰기는 할아버지 덕분에 했다고 생각한다. 안 그랬으면 나는 한글을 몰랐겠지라고 생각한다.

나는 학교에서 친구들과 이야기를 전혀 하지 않았다. 왜냐하면 할아버지는 나에게 말을 시키지 않으셨다. 그래서 학교에서 말을 안 하고 다녔나 보다. 할아버지와의 추억은 여기까지다. 그냥 나의 기억은 이게 마지막이다. 초등학교 때 이야기니까 말이다.

나는 참 사랑을 많이 받고 살았다. 할아버지는 나에게 많은 사랑을 주셨고 좋은 영향을 주고 있었고 그래서 내가 착하게 크지 않았나 싶다. 이게 초등학교 때의 추억이다. 행복했다. 참 감사한 어른이다. 감사하다.

할머니
이야기
2

2023. 12. 6.

나는 옛날에 할머니와 어릴 때부터 드라마를 같이 봐드리고 할머니와 많이 이야기했던 기억이 있다. 중학교 때 할머니와 처음 드라마를 봤는데 할머니께 그때부터 드라마 해석을 계속 해드린 것 같다.

할머니는 나에게 해주신 게 되게 많다. 포도도 씻어서 먹게 해주시고 떡도 구워주셨던 기억이 있다. 할머니는 나에게 참 잘해주셨다. 할머니는 잘 웃는 분이었다. 언제나 웃으셨던 분이고 화를 왜 내냐고 하시던 할머니. 나의 할머니는 항상 웃는 인상이었다. 내가 느끼는 할머니는 항상 이쪽에 저쪽에 하는 할머니랑 있었는데 나는 그 말을 못 알아들었다. 정말 웃긴 일이다.

나는 할머니를 많이 좋아했다. 할머니는 텔레비전을 좋아하셨다. 할머니와의 추억은 많다. 할머니는 민수가 대학을 간 걸 알고 나에게 방을 내주셨다. 지금 쓰고 있는 나의 방이다. 정말 잘 쓰고 있다. 지금의 안락한 내 방이 할머니와 드라마를 봤던 방이라니 신기하다.

나는 할머니가 돌아가셨을 때 친구를 잃은 것 같은 느낌이었다. 할머니가 나에게 이별할 시간을 주신 것 같다. 그래서 덤덤하게 마무리했던 것 같다. 추억은 여기까지다. 좋은 어른과 지냈어서 감사하다.

아빠
이야기

2023. 12. 13.

우리 아빠는 엄청난 장난꾸러기이다. 집에서는 그렇지만 밖에서는 아주 열정적으로 열심히 일하는 사람이다. 집에서는 마치 나사 풀린 사람처럼 장난치는 나의 아빠. 너무 재미있다.

아빠가 요즘에는 너무 바쁘다고 피곤하다고 그랬다. 정말 징글징글하게 바쁘다고 했다. 너무 요즘 소처럼 일하는 것 같다. 아빠가 건강했으면 좋겠다는 생각이 든다. 요즘에 아빠는 토요일은 쉬었는데 다음 주 토요일은 일한다 했다. 요즘 너무 바쁘게 일한다.

아빠는 어제 늦게 들어왔다. 힘들어하는 아빠의 모습을 보고 내가 아 내가 기도해야겠구나 느꼈다. 나는 항상 아빠를 생각한다. 아빠 사랑해라고 말하고 싶다. 우리 가족의 기둥인 아빠 정말 좋은 사람이다. 물론 너무 괴롭히기도 하지만 재미있는 아빠가 너무 좋다. 행복한 가족이다. 계속 행복하자.

아빠 일 좀 살살해 걱정돼 죽겠어!

아빠의 바쁜 시간은 1월달이 되어야 끝난다고 했다.
아빠 내가 기도할게 사랑해.
정말 열정적인 사람. 정말 대단하다.

나 의
선 생 님
이 야 기

2023. 12. 16.

초등학교 때 처음 만났던 신해선 선생님 처음 봤을 때부터 좋은 선생님이라는 느낌이 들었다. 따뜻한 인상이었던 선생님은 지금도 너무 좋은 선생님으로 기억하고 있다. 초등학교 6학년 때 처음으로 수학여행을 갔다. 선생님이 경주를 같이 가주겠다고 하는 순간 엄마가 나에게 특훈을 시켰다. 정말 좋았다. 행복했던 기억을 쓰니 기분이 좋다.

너무 좋았던 기억이 많아서 많이 이야기할 수 있다. 학교에서 밥을 먹을 때 식판을 들어서 식탁까지 가져다주셨다. 너무 감사했다. 사람은 항상 감사해야 한다는 게 느껴진다.

나는 선생님 복이 있는 것 같다. 그래서 나는 좋은 선생님이 있어서 행복한 기억인 것 같고 초등학교 이후에 중학교에 가서 생활을 하면서도 신해선 선생님 생각을 했다. 즐거운 시간을 보냈고 생각해보니 나는 좋은 선생님과 남자아이가 항

상 있었다. 굉장히 기분이 좋았다. 초등학교 시절 선생님 이야
기이다. 신해선 선생님은 지금도 만난다. 나는 복이 많은 사람
인 것 같다. 정말 그때가 좋았나 보다. 나는 선생님 복이 있다.

선생님이 책을 보내주신 것을 기억한다. 단어를 많이 궁금
해하고 그래서 선생님이 책을 보내주셨다. 내가 하도 남자친
구 이야기를 하니 〈내 짧은 연애 이야기〉를 보내주셨었는데
내가 그 책을 보고 기분이 너무 좋아서 선생님 만나서 엄마가
떠들었다. 나도 떠들었다. 선생님이 웃으셨다. 다음 달에 선생
님을 만날 텐데 무슨 이야기를 할까? 생각한다.

선생님 만나는 날이 기대된다.

심각한
저출산
문제

2023. 12. 20.

요즘에는 거의 결혼 생각이 없다고 결혼 안 하고 엄마 아빠랑 살겠다고 하는 사람들이 왜 이렇게 많은지 모르겠다. 이건 정말 사회 문제다. 갈수록 혼자 사는 사람들이 많아지고 결혼하는 사람들은 없는 웨딩홀이 점점 장례식장으로 바뀌는 세대다. 그리고 나는 사람들이 결혼 안 하고 아이 안 낳고 그러는 게 사람들이 결혼 자금이 없어서 결혼을 못 하는 것일 수도 있고 신경 쓰고 싶지 않아서 안 하는 것일 수도 있다.

그래서 내가 볼 때는 결혼을 해도 아이를 낳지 않는 것은 결혼했을 때보다 더 많이 신경 써야 하고 교육비부터 모든 걸 신경 써야 하지만 그렇지만 아이를 잘 키울 수 있는 사회가 되어야 한다. 그런 사회가 언제 될지는 모르겠다. 그래도 육아휴직을 쓰게 해줘야 한다. 육아휴직과 더불어 어린이집이나 보육시설에서 보육도우미 선생님과 함께 지낼 수 있게 하거나 아니면 회사에서 일하다가 결혼해서 임신해 출신하게 되면 육아 휴직을 쓰게 된다. 아이를 편하게 키우게 되면 사림들의 결혼에 대한 인식이 바뀌지 않을까? 생각한다.

출산은 무엇이고 결혼은 무엇인가? 나는 궁금하다. 저출산을 해결하는 것은 어렵지만 결혼하기 좋고 아이 낳기 좋으려면 다 바뀌어야 한다고 생각한다. 이게 나의 저출산 고령화라는 내 글에 대한 느낌이다. 하도 고등학교 때 학습지로 저출산 고령화 문제를 많이 풀어서 거의 외우겠다. 너무 잘 알고 있다.

앞으로 우리 사회는 많은 아이들이 행복한 삶을 살았으면 좋겠다.

남 자 앞 에 서 는
못 우 는 나

2023. 12. 22.

내가 남자 앞에서 못 우는 이야기를 하려면 왜 꼭 옛날이야기를 해야 하는지 모르겠다. 그렇지만 이 글을 써야 해서 옛날이야기를 해야겠다. 중학교 때 그때는 지금처럼 학교에서 도시락을 먹지 않고 급식을 먹었었는데 그때 식판 때문에 굉장히 스트레스가 많았다. 오죽하면 아빠가 식판 던져버리라고 했으니까.

식판 스트레스 때문에 학교에서 어느 날 내가 폭발해서 여자 선생님 앞에서 울었다. 남자 선생님 앞에서 우는 게 창피해서 그랬는지 여자 선생님 앞에서 울었더니 그게 지금까지 남아 있다. 여자 선생님 앞에서는 한없이 약해지는 나다. 나는 마음이 약한 사람이다. 그게 나다.

그냥 지금을 살자. 지금만 생각하자.

엄마는 알고 있다. 내가 남자 선생님 앞에서 못 운다는 것을.

물론 우는 건 좋지 않지만 아주 슬플 때는 울어야 한다. 일부러 우는 것도 안 되고 쓸데없이 계속 우는 것도 안 된다. 나는 그러지 않는다. 과거를 지우자. 행복한 기억만 하자. 아픈 기억은 지우자. 정말 지우고 싶다. 지금은 슬픈 삶이 아니라 기쁜 삶이다.

아무튼 나는 남자 선생님 앞에서는 도저히 못 울겠다.
그만 쓰자.

연극과
뮤지컬의
차이

2023. 12. 25.

나는 엄마가 공연을 너무 좋아해서 많이 누리는 것을 알고 있다. 그래서 두 공연에 대해서 아주 잘 알고 있다.

연극과 뮤지컬의 차이. 연극과 뮤지컬은 많이 다르다. 비교도 안 될 만큼 다르다. 연극은 대사와 소품과 적은 배우들만으로도 무대를 꽉 채운다. 섬세한 배우의 연기와 연출진들의 감각적이고 세련된 연출과 조명으로 마무리한다.

뮤지컬은 다른 장르에 비해 준비기간과 연습기간이 가장 길다. 가장 짧은 시간이 최하 1년이다. 춤과 노래가 있고 연기가 있다. 그리고 섬세한 연기가 필요하다. 정말 섬세한 연기, 화려한 춤, 예쁜 의상, 무대장치가 있어야 해서 준비하는 비용이 제일 많이 들어간다. 최고의 공연을 선사하기 위해 정말 열심히 연습하는 공연이 뮤지컬이고 뮤지컬 대본이 있어야 하고 최상의 컨디션을 유지하면서 공연을 한다. 특히 옥주현씨는 자기

관리의 여왕이라고 불리신다. 진짜로 그렇다.

그렇다면 연극은 어떻게 다르냐? 연출진들의 감각적이고 세련된 연출과 조명으로 배우를 비춘다. 그리고 배우는 섬세한 연기로 공연을 이끈다. 그래서 극본이 아주 중요하다. 연극 공연의 기본이다. 그리고 공연이 끝나면 커튼콜 인사와 함께 배우들이 퇴장한다.

ㅎㅎㅎ

공연은 너무 즐겁다.

자연스러운
이별

2023. 12. 28.

나는 고등학교 3학년 때 6년 동안 친했던 보섭이와 이별했다.
아주 자연스럽게 그 친구가 대학을 준비한다고 학습도움실
에 한 번도 내려오지 않아서 내가 거의 반장처럼 친구들을 챙
겼다. 정말 보섭이 앓이를 많이 했고 이제 이걸 끝내야 한다는
게 있었다. 그래서 지금도 보고 싶지 않다. 그리고 친구로는 지
내기 편하지만 깊게 가면 안 맞는다는 생각이 들었다.

　나는 밥을 아주 천천히 먹고 보섭이는 빨리 먹는다. 예전
중학교 때 점심시간에 있었던 일이다. 그리고 공격적인 아이
라서 화를 돋우면 안 되고 건드리면 화가 나는 친구여서 살살
달래서 맞춰줘야 하는 아이였다. 그래서 나는 항상 조심했다.
　같이 지낼 때 금기어가 있었다. 에이디에이치디 그리고 취업
을 못 한다는 말 등 여러 말이었다. 중학교 때 첫 설레임을 주

었던 친구.

바리스타 수업을 같이 했었는데 그때 바리스타 선생님이 강하게 뭐라고 하셨었다. 그런데 거기서 완전히 화가 났었는데 그걸 내가 수업하기 전에 달랠걸이라고 생각했다.

나한테 시집 못 간다는 소리. 아니 결혼 못 한다도 아니고 ㅋㅋㅋ ㅋㅎㅎ 보섭이의 친구가 되었어서 감사했고 좋은 추억이 되었다.

국악의
대중화를
위하여

2024. 1. 4.

이번에 엄마와 국악공연 나례를 보고 왔다. 화려한 춤, 예쁜
의상, 아름다운 악기소리와 소리꾼의 판소리가 아주 잘 어울
리고 악기 하나하나의 소리가 너무 잘 맞는다. 나는 악기에 관
심이 많다. 서양 악기, 우리나라 전통 악기 상관없다. 이제는
모든 악기가 좋다. 하도 공연을 엄마와 많이 보러 다녀서 음악
에 대해서 안다. 우리나라 악기는 가야금, 아쟁, 징, 해금, 태평
소 등이 있다. 이 악기들로 뮤지컬처럼 대극장에서 국악을 공
연하는 것을 보고 싶다. 그게 대중화가 되는 길인 것 같다.

　고려 시대부터 조선 시대까지 있었던 궁중 행사를 공연으
로 완성했다. 여러 악기들과 화려한 의상, 여러 인원이 연주하
는 악기 연주는 수준급이다.
　판소리도 똑같다. 판소리를 오래 해오신 소리꾼들이 하는

판소리는 확실하게 다른 것 같다. 너무 좋은 공연이어서 널리 널리 알려졌으면 좋겠다.

너무 좋다. 또 보고 싶다.

민수의
미래

2024. 1. 10.

민수는 대학에서 연극영화과를 전공한다. 어릴 때부터 가족들과 공연을 많이 보고 그래서 연극영화과도 전공했고 민수가 노는 것을 많이 좋아해서 그 길로 갈 줄 알았다. 민수는 연기를 하고 싶어한다. 사실 그래서 연기과에 들어갔다. 연기를 배우려고. 연기에 대한 갈망도 있는 민수는 엄마에게 연기에 대해서 물어본다. 무슨 역할을 해야 할까?라고 물어봤었다.

민수의 미래는 아직 시작을 안 했지만 민수는 잘해낼 거라 믿는다. 지금은 반수를 하겠다고 노래하는 민수. 엄마는 민수가 연출을 했으면 좋겠다고 했다. 학교에서 친구들과 함께 연극을 만들어보면서 민수는 연출에 대해 알게 되었다. 연출에 눈을 뜨게 된 내 동생의 미래가 어떻게 될지 궁금하다. 동생의 미래는 밝았으면 좋겠다. 나의 바람이다. 정말이다. 민수는 알아서 할 거라 믿고 있다.

나는 민수를 사랑하는 마음에서 이 글을 쓰나 보다. 민수 화이팅 ! 미래는 어떻게 될지 모른다.

배우의
삶

2024. 1. 13.

배우의 기본은 연기를 잘하는 것이고 다양한 연기 스킬이 있다. 나는 드라마를 많이 봤던 사람으로서 배우가 드라마를 준비할 때의 과정을 알고 있다. 드라마를 촬영하는 시간이 길고 거기에 역할에 맞는 의상과 머리스타일, 화장, 액세서리 그리고 대사 외우기가 너무 중요하다. 드라마 종류는 다양하다. 미니 시리즈, 일일 드라마 등 여러 가지 종류가 있다.

그리고 이제는 영화에 대해서 써보려고 한다. 영화배우는 영화만 촬영하는 배우를 말한다. 영화배우는 영화에 캐스팅되기 전에 먼저 영화감독님에게 시나리오를 받는다. 그 후에 작품 분석 후 체중관리가 시작되는데, 영화에서의 역할에 따라서 배우가 증량을 하거나 감량을 하기도 한다. 촬영장에 매일 가서 심혈을 기울여 촬영해야 하고 역할에 몰입하기 위해 작품 숙지를 하고 맡은 역할에 대해 공부하고 대본 리딩을 해야 한다. 배우의 기본이다.

배우는 한번 드라마 한 편을 촬영하면 그 역할에 몰입해서 산다. 배우 김혜수님은 시그널을 촬영할 때 형사 차수현으로 살았다. 그래서 배우들이 로맨스 연기를 하면 그 사람을 정말로 사랑한다고 느낀다고 한다. 감정소모를 하는 직업 배우는 정말 타고나야 한다는 것을 느낀다. 아무나 못 한다는 생각이 들었다. 연기라는 것은 사람들과 호흡하는 것이다. 그게 연기다. 거기에 소품이 있다면 연극이고 노래가 있다면 뮤지컬이다.

배우는 참 신기한 직업이라고 나는 느낀다.
끝이다.

〈올리버 트위스트〉를 읽고 나서

2024. 1. 17.

이번에 나는 계림 세계명작동화 〈올리버 트위스트〉라는 책을 읽었다. 재미있게 봤는데 그 책은 첫 시작부터 마음이 아팠다. 올리버 엄마가 올리버를 낳고 얼굴만 쓰다듬고 죽었다는 게 이 책의 시작이다. 올리버 엄마를 돌봐주었던 셀리 할머니는 올리버에게 엄마는 아주 예쁜 사람이라고 했다. 정말 진심으로 하는 말이었다.

나는 그런 거를 당해보지 않았지만 착한 사람이어서 못된 짓을 하지 않아서 좋은 일들이 많이 생기는 것 같다.

단지 돈을 벌기위해 올리버를 악당으로 만들다니 너무했다. 착한 사람에게 처음에는 고난이 오지만 나중에는 해피엔딩으로 끝나게 하는 작가 찰스 디킨스는 참 이야기를 재미있게 잘 쓰는 것 같다. 나도 글을 잘 쓰는 작가가 되고 싶다. 올리버의 마음이 참 기특하다. 나도 그렇게 살아야지!

정말 재미있다. 역경을 이겨내는 내용의 책인 것 같다. 내용 전체가 밝지 않아서 그렇지 좋은 교훈의 책이다. 다음에도 읽고 싶다. 한국 전래동화도 있고 서양 고전도 있는 나의 방에 서재에서 가져온 책이 생겼다. 나의 독서는 계속된다.

앓이하는
사람이
많은 나

2024. 1. 27.

요즘 센터에서 나는 보조선생님으로 살고 있다. 매일 듣는 소리가 '문닫아'와 '졸업'이다 보니 정말 많이 들었던 말이다. 나는 예전에 작업치료를 다니면서 했던 일들을 센터에서 한다. 매일 소영 언니 이야기하면서 즐겁게 지내고 있다. 그렇지만 내가 다 스스로 해야 한다. 또 어쩔 때는 선생님들이 도와줄 때도 있다. 근데 결국엔 내가 다해야 한다.

지수씨는 센터가 학교라고 생각하고 서현씨는 식당이라고 생각한다. 나만 직장이라고 생각한다. 진짜 평생 다닐 수 있는 직장이라고 생각한다. 매일 드라마틱한 일이 일이 벌어진다. 승희씨는 나에게 남경민씨가 소영 언니와 헤어지라고 말했다고 나에게 술을 먹고 싶다고 이야기했다. 소영 언니를 달래주는 사람은 센터에서 선생님들과 나밖에 없다.

그리고 중요한 건 나는 눈이 엄청 높다. 이상형은 부드럽고 선한 사람이 좋다. 이석훈, 고우림 같은 스타일이다. 근데 나는 내 이상형이 언제 나타날지 모르겠다. 이게 내 마음이다.

내가 목요일에 수영장을 가야 했을 때 서현씨가 선생님께 한 행동은 거의 드라마에서 아주 부자인 사람이 가난한 사람에게 막 대하는 행동이었다. 난 그러지 않아서 정말 감사하며 살고 있다.

각 세대별
시대 구별
프로젝트

2024. 2. 15.

나는 우선 옛날 세대부터 알고 싶어서 만화 영화 〈검정고무신〉을 봤다. 초등학교 3학년 때 민수와 함께 너무 재미있게 봤던 만화. 그 만화를 통해서 할머니 세대를 알게 된 나. 너무 가난한 사람이 많았고 결핍이 심했던 시대 1960년대 그게 나의 할머니 세대다.

그 시대는 무슨 세대라는 말이 없던 시절이다. 그냥 어려운 시대였다. 모든 것이 귀했고 그랬지만 아이들이 예의바른 것이 미덕이었다. 어른들과 함께 살면서 사랑을 배웠다. 요즘은 사람들이 너무 자기 생각만 하는 세대지만 그 당시는 그렇지 않았다. 나는 정겨움이 느껴졌다. 그 당시에는 음악을 전기야전을 가지고 다니면서 들었다. 기영이와 기철이를 보면서 따뜻함을 느꼈다. 이게 1960년대. 부모님을 사랑하고 선생님을 존경했던 시대.

그러면 90년대는 우리 엄마 아빠가 겪은 세대니까 드라마를 통해서 알 수 있다. 90년대에는 조금씩 잘사는 사람들이 나타나기 시작했고 그 당시에 처음으로 벽돌 스타일로 된 휴대폰이 나왔다. 삐삐라는 것도 있었다. 그리고 음악은 카세트테이프로 듣던 세대 90년대 그리고 그 당시에 HOT와 젝스키스, SES가 유행하던 시절이었다. 핑클도 있다. 이게 90년대 감성인가 싶다. 그리고 솔로 가수는 김민종이 90년대 하이틴 스타고 듀오는 더블루라는 팀이 유행했다. 〈느낌〉이라는 드라마가 유행했다. 물론 엄마는 이 드라마를 보지 않았지만. 정 많은 세대가 90년대 같다. 사람들과의 정을 느낄 수 있는 세대 X세대. 이때부터 무슨 세대라는 말이 붙기 시작했다. 그리고 우리 엄마 아빠 세대는 도시락을 먹는 세대였다. 요즘처럼 학교에서 급식이 나오는 세대가 아니었기 때문이다. 특히 〈응팔〉에서 나오는 장면이 엄마가 했던 말이다. 그 당시에는 편지를 쓰는 시대였다고 한다. 빨리 90년대를 알고 싶다.

그러나 요즘에는 거의 아이들이 인성교육이 안 되어 있다. 애들이 버릇이 없다. 얼마나 예절을 모르면 선생님에 대한 존경을 하지 않을까? 나는 그러지 않는다. 우리 엄마는 인성을 중요시하는 사람이라서 착하게 컸다. 민수도 그렇다. 그리고 요즘에는 먹을 게 너무 풍족해서 사람들이 너무 많이 먹어서 살이 쪄서 비만 클리닉이 있다. 요즘 사람들은 어려운 것을 모른다. 그리고 힘든 일은 정말 하지 않으려 한다. 그게 요즘 세대다. 요즘 세대 만화는 〈안녕 자두야〉다.

이게 세대를 공감하려는 나의 마음이다.

"블로그에 100개의 글을 올리면 엄마가 책을 내줄게."

농담처럼 던진 말에 민아는 진심으로 글을 썼습니다. 숫자를 잘 셀 줄도 모르면서 민아는 몇 개의 글을 썼는지 매일 꼽아보았습니다. 요즘은 책 만들어주는 인터넷 사이트를 찾아 의뢰만 하면 쉽게 책을 만들 수 있다고 하니 기념품으로 만들어주면 되겠지 했었는데 "엄마는 나를 낳고 행복했을까?" 묻는 민아의 글을 읽으며 제 마음이 바뀌었습니다. 진심이 뚝뚝 떨어지는, 날것 같은 민아의 마음을 읽고 나니 그저 제본된 종이 뭉치가 아니라 진짜 책으로 만들어주고픈 욕심이 생겼습니다. 그리고 마침내 소망하던 그 책을 출간하게 되었습니다.

제게는 두 딸이 있습니다. 중증장애인 큰딸과 말괄량이 작은딸입니다. 막내딸을 보면 공부도 해야겠고 대학에도 가야겠고 직업도 가져야겠고 해야 할 것들이 많습니다. 큰딸을 보면 세상

사는 게 별거냐, 걸을 수 있어서 감사하고, 먹을 수 있어서 감사하고, 편히 잘 수 있어서 감사하고, 그거면 됐지 싶습니다. 두 아이를 바라보며 엄마 마음은 인생무상 하다가 전심전력 하다가 오락가락하며 마음의 온도차가 큽니다. 성격이 다른 자녀를 둔 엄마들은 곧잘 얘기하죠. 두 아이를 섞어서 반반씩 나누었으면 좋겠다고요. 저도 참 그러고 싶습니다. 세상 욕심을 내다가 겸손해지곤 하는 이 주책맞은 마음이라니…

요즘 민아는 '주간 활동 센터'라는 곳을 다닙니다. 고등학교를 졸업하고 더 이상 갈 곳 없는 장애인들이 학교처럼 매일 다닐 수 있는 곳입니다. 코로나 3년 동안 민아는 24시간을 매일 집에서 보내야 했습니다. 민아도 엄마인 저도 많이 힘들었습니다. 아무리 사랑하는 사이라도 3년을 한 순간도 놓치지 않고 함께 있는 것은 쉬운 일이 아니었습니다. 그러다 우여곡절 끝에 주간 활동 센터를 가게 되었습니다.

민아를 센터에 데려다준 첫날, 집으로 돌아와 멍하게 헛헛했던 기억이 있습니다. 걱정 반 기대 반이었던 센터를 민아는 아주 좋아합니다. 이곳에서 민아는 요리도 하고 그림도 그리고 공예도 하고 노래도 부릅니다. 가장 놀라웠던 부분은 외부활동으로 클라이밍과 수영을 하는 것입니다. 잘 걷지도 못하는데 그런 운동을 할 수 있을까 걱정했는데 민아는 이 운동들을 사랑하게 되었고, 아주 열심히 하고 있습니다. 어느 날 클라이밍 중 '하늘 오르기'라는 것에서 민아가 끝까지 오르는 것을 보고 저는 울고 말았습니다. 민아는 5cm 정도의 턱도 무서워서 못 올라갔었거든요. 그랬던 아이가 진짜 하늘을 오르고 있었던 겁니다.

뇌병변 장애가 있는 우리 딸 민아.
잘 걷지 못해 넘어지기 일쑤고 발, 다리엔 커다란 수술 자국들과 멍, 굳은살 투성이다.
이런 민아가 주간 활동 센터를 다니면서 수영과 클라이밍 수업을 받기 시작하더니 믿을 수 없는, 있을 수 없는 기적을 만들었다.

현장에서 민아의 거침없는 도전을 보며 터져 나오는 눈물을 감당할 수 없었다.
"악~~~~ 김민아, 미쳤구나!!!"
나는 미친 듯이 소리치고 있었다.

국가대표로 올림픽에 나가자며 말도 안 되는 응원으로 민아를 웃게 만들고 격려하며 정상까지 오르게 해주신 센터 부원장님~
정말 너무너무 감사드려요♥

울애기, 내 사랑, 우리 민아!
넌 자랑스럽다.
엄마가 많이많이 사랑해 ♥♥♥

이제 "엄마는 나를 낳고 행복했을까"란 너의 질문에 대답할게. 엄마는 너를 낳아서 정말 너무 행복하고 자랑스럽고 감사해. 넌 하나님의 선물이야, 나의 소중한 아이야.

　　　　　　　　　　　·

이제 민아가 클라이밍에 이어 새로운 기적을 세상에 내놓았습니다.

책이 나오기까지 애써주신 편집자님과 삽화를 그려준 막내딸 친구 민영이, 언니를 사랑으로 응원한 동생, 항상 김뽕빵이~ 하며 민아를 괴롭혀준 남편, 민아의 글을 열심히 읽어주시고 댓글로 응원해주신 민아 초등학교 때 신해선 선생님, 기도로 응원해주신 교회 집사님들, 출판기념회를 해야 한다느니 라방(라이브방송)을 해야 한다느니 하며 감동의 설레발을 쳐주신 독서모임 회원분들, 모두모두 정말 감사드립니다. 그리고 무엇보다 최선을 다하여 열심히 글을 쓴 우리 민아. 수고했고, 엄마가 온 맘 다해 사랑해.^^

스물다섯 살 꿈 많은 소녀 민아의 소박한 글들을 끝까지 읽어주셔서 진심 감사하고 또 감사합니다.

감사의 마음을 전하며

민아맘~

그리고, 이 모든 여정에 언제나 함께 해주신 나의 아버지,
하나님께 깊은 감사와 영광을 드립니다.

우와~~ 언니가 진짜 책을 내다니.
언니야~ 진심으로 축하해!
이렇게 빠르게 만들어질 줄은 몰랐어.
언니가 진심 멋있고 자랑스러워.

내가 가장 행복할 때가 언제인지 아느냐고 언니에게 물어봤던 거 기억나? 언니가 아주 당당히 "나 괴롭힐 때"라고 말해서 한참 웃었는데. 언니가 답을 안다는 듯 당연하게 말하는 게 웃기기도 했고, 그만큼 나를 사랑하는 것이 느껴져서 참 행복했어. 그런데 언니, 언니가 잘 때 내가 괴롭혀도 용서해줘. 그게 내 삶의 낙인걸. 집에 들어왔을 때 언니가 자고 있으면 그 위에 올라타서 언니한테 뽀뽀하는 거 정말 너무 좋아. 미안하지만 참을 수가 없어. 너무 행복하거든. 사랑으로 이해해줘. 이런 진상 동생을 둬서 언니가 고생이 많다. ㅎㅎㅎ

내가 못생겼다고 놀릴 때마다 "이건 장난이지"라고 말하는 언니가 참 웃겨. 요즘은 익숙한 농담을 조금씩 구분하기도 해서 놀라운데, 언니가 농담을 못 알아들어서 혼란스러워하는 그 표정이 정말 너무 귀여워. 살짝 당황해서 눈동자가 멈춘 그 표정. 언니는 모르겠지?^^ 내가 껴안고 뽀뽀할 때 일그러지는 언니의 얼굴이 너무 좋아. 가끔은 그 표정을 보고 싶어서 더 뽀뽀할 때도 있는 것 같아. 너무 꽉 안아서 빨개진 코, 정신없이 뽀뽀 공격을 당해서 풀린 눈, 나를 막기 위해 분주한 팔. 정말 너무 귀여워! 도대체 어떻게 괴롭히지 않을 수 있지? 그건 귀여운 언니 탓이야. 그렇지만 언니, 나를 좋아하는 것처럼 아빠의 사랑도 좀 받아줘. 아침마다 아빠랑 투닥거리는 소리에 잠에서 깬다고요. 아빠의 장난도 좀 받아주고 아빠 좀 출근시켜줘. ㅋㅋㅋ

언니에게 편지를 쓰다 보니 언니가 넘어져서 이마가 크게 찢어졌을 때가 생각나. 내 인생에서 가장 놀랐던 순간 같아. 엄마의 비명소리에 놀라서 뛰어갔을 때, 언니 방이 온통 피바다였던 그 순간. 한참이나 지났는데도 생생해. 어떻게 다쳤는지 잘 설명하지 못하는 언니 덕분에 엄마는 아동학대 부모 취급을 당해보기도 하고, 나는 피 냄새를 맡고 처음 토해보기도 했어. 아직도 엄마는 그 일이 상처라고 하지만 나는 이젠 괜찮아. 그러니까 언니, 제발 한 발 한 발 조심히 잘 걸어야 해. 한 번만 더 다치면 진짜 죽~는~다~. ㅎㅎㅎ

언니 덕분에 배운 게 정말 많아. 화목한 가정에서 자란 것도 있지만, 언니 덕분에 사랑을 더 많이 배운 것 같아. 나를 이렇게 사랑받는 동생으로 만들어줘서 고마워. 이 세상에서 언니에게 이렇게 사랑을 많이 받는 동생이 또 있을까 싶어. 언니가 내 언니여서 너무 행복하고 자랑스러워. 사랑해. ♥♥♥

ps : 근데 언니, 책 대박나면 나 뭐 사줄 거야?ㅋㅋㅋ

언니의 예쁘고 착하고 천사 같은 (진상) 동생이^^

엄마는 나를 낳고 행복했을까

1판 1쇄 발행   2024년 4월 29일

지은이   김뽕빵이
펴낸이   심규완
책임편집   남남
디자인   달달

ISBN   979-11-91037-18-0 (03810)

펴낸곳   리리 퍼블리셔
출판등록   2019년 3월 5일 제2019-000037호
주소   10449 경기도 고양시 일산동구 호수로 336, 102-1205
전화   070-4062-2751   팩스   031-935-0752
이메일   riripublisher@naver.com
인스타그램   instagram.com/riri_pub